薬込役の刃
隠密奉行 柘植長門守4
藤 水名子
時代小説
二見時代小説文庫
JN199656

目次

薬込役の刃——隠密奉行 柘植長門守 4

序

丸い卓子(テーブル)の上には、何種類もの料理の皿が並び、仄(ほの)かに湯気をたちのぼらせている。どれも、目に馴染(なじ)みのない異国の料理で、食欲をそそる芳香を放ってはいるものの、矢張り馴染みのない匂いであった。

「これが、阿蘭陀(オランダ)料理か？」

とりどりの色彩の料理に、田沼意次(たぬまおきつぐ)はただただ目を見張る。かすていらや葡萄酒(ぶどうしゅ)ならば、これまで何度か土産(みやげ)に持参したこともあるが、本格的な異国料理を差し入れるのははじめてだった。といっても、絹栄(きぬえ)の手料理であるが。

「阿蘭陀料理だけではございませぬ。卓袱(しっぽく)と申しまして、清(しん)国の料理と阿蘭陀の料理、それに我が国の料理――三種類の料理を一つの卓にて一緒に食しまする」

「なるほど、卓袱か」

「どうしても手に入らぬ食材もありまして、長崎で食するのと全く同じというわけにはまいりませぬが、まあ、概ねこのような感じかと――」

　意次の問いに、謹直な顔つきで応えつつ、

「何分、愚妻に作らせましたもの故、味の保証はいたしかねますが、召しあがっていただけますか？」

　柘植正寔はその痩せた手をとり、優しく導いてテーブルの前の椅子に座らせた。

「おお、料理上手と評判のそちの奥方が作ってくれたもの、食さいでか」

　意次は十枚近く並べられた皿の料理を一つ一つ吟味しつつ、

「なにやら、獣の肉が多いようじゃのう」

　微かに眉間を曇らせる。

「獣の肉は滋養がありますよ」

　と口では言うものの、病人同然に衰えた者にいきなり肉料理を食べさせるのもよくないだろうと考えた正寔は、

「先ずは、こちらのすまし汁を召しあがってみてください」

汁物の椀を差し出した。

「汁か？」

「はい。阿蘭陀の玉子綴（たまごと）じにございます。鶏（にわとり）や椎茸（しいたけ）が入っておりますので、よい出汁（だし）がでております」

「うん」

意次は箸をとり、椀に口をつけた。ひと口飲んで、

「ほう、存外あっさりしておるのう」

「中の具も、召しあがってくださいませ。やわらかく、食べやすくしてございます」

正寔の言葉に促されて、意次は箸を動かした。ひと口含んだ汁の味が存外美味（びみ）だったこともあるのだろう。かまぼこを食べ、椎茸を食べ、鶏肉も食べた。

「美味ではあるが」

しかる後、意次は小首を傾げる。

「いつもの膳に出る山鳥の汁とさほど変わらぬような？」

「塩味でございます故」

正寔は苦笑し、

「では、こちらのロストルヒスは如何（いかが）でございます？」

とすぐ隣の皿の料理を勧めた。

「焼き魚か？」

「はい、鯛でございます」

「香ばしいのう。美味じゃ」

箸をつけるなり、意次の顔が忽ちほころぶ。

「鉄の鍋にて、油を用いて焼いております」

「ふうむ、油で焼いたにしては、存外さっぱりしておるのう」

「塩のみにて味つけしておりますので」

「なるほど」

「こちらは蝦多士、蝦のすり身を、阿蘭陀のパン——小麦を練って焼いた阿蘭陀人の主食でございますが——に包んで揚げたものでございます」

「油で揚げてあるのか。阿蘭陀の天麩羅のようなものか？」

「すり身でございますから、真薯のようなものですか」

「よい匂いじゃ」

それから意次は、身近にある皿から順次箸をつけていって——といっても、どの料理もひと口かふた口を嚥下するのが精一杯だったが——ほぼすべての料理を味わった。

もとより、正寔もはじめからそんなものだろうと思っている。

「如何でございました？」

「うん、どれも美味であったぞ。……とりわけこの、景徳鎮(けいとくちん)の皿に盛られた……それは猪(いのしし)の肉か？」

「はい、東坡肉(トンポウロウ)と申す、清の料理でございます」

「口の中で忽(たちま)ちとろけて……猪の肉とは到底思えぬ」

「猪の肉を、蒸籠(せいろう)で、すんなり箸がとおるほど柔らかくなるまで一刻ほど蒸し、しかる後、胡麻油(ごまあぶら)をしいた鍋に移し、砂糖(さとう)、醤油(しょうゆ)、酒などで味つけをし、更に半刻から一刻ほど煮含めます。清の国では、豚(ぶた)と申す、猪を家畜化した生き物の肉を用いますが、これは江戸(えど)では手に入りませぬ故、猪の肉にて代用いたしました」

「そうなのか」

実は数日前、正寔自ら、猪撃ちの猟師とともに山に入って獲ったものだが、それはあえて口にしなかった。

「ときに田沼様、蘇東坡(そとうば)はご存知でございますな」

「北宋(ほくそう)の詩人・蘇軾(しょく)のことであろう。東坡はその字(あざな)だな」

正確には、蘇軾の字は子瞻(しせん)といい、東坡は号だが、もとより正寔にはそれを指摘する気はない。

「春宵一刻　値千金……であったか？」

「如何にも――」

と大仰に頷いてから、

「その蘇東坡が、大変好んだ料理であったため、東坡肉という名がついたとも言われております」

もっともらしい顔で正寔が告げると、

「なんと！　北宋といえば、我が国では源平合戦以前……いまより、七百年以上も前ではないか。それほど昔から、彼の国では、このように手の込んだ、美味なる料理を食しておるのか」

意次は忽ち顔色を変えた。

「このような料理を、それほど昔からのう……その頃我が国ではなにを食しておったか、想像もできぬわ」

「一説には、蘇東坡自身が考案した料理とも言われております」

「しかし、蘇東坡…蘇軾は、文人墨客ではあっても料理人ではあるまい」

「彼の国の風流人であるためには、食にもある程度精通していなければならぬようでございます。優れた詩人は皆、美酒美食を好んでおります」

「するとそちも、優れた詩人でなければ辻褄が合わぬのう、長州」

「畏れ入ります」

意次がチラッと歯を見せて破顔い、正寔は気まずげに目を伏せる。伏せつつ、だが内心では、意次の言葉を歓んでいる。他愛のない戯れ言でも、無意識に口をついたのは、多少なり気分が高揚したためだろう。

それ故、

「ときにご老中――」

その呼び方が、既に相応しくないことを重々承知した上で、だが正寔は敢えて口にした。

「東坡居士こと蘇軾は、詩人であり書家であると同時に、優れた政治家でもありました」

「だが、政争に敗れて左遷された」

「その左遷先の杭州で、東坡肉を思いついたそうでございます」

「そうなのか？」

反射的に問い返すが、意次は既にそのことへの興味は失っているようで、正寔を見返す目も空(うつ)ろであった。

　正寔にはそれがたまらなかった。

「蘇軾は、その後中央に呼び戻され、要職を歴任いたしました」

「そして、晩年は流刑に処せられた」

「しかし、赦(ゆる)されました。赦されて都へ帰還する途中で病死したるは不運としか言いようがありませぬ」

「…………」

　空ろな意次の目が、そのとき僅かに生気を取り戻して正寔を見る。

「本来、生臭く固き獣の肉も、手間暇をかけてじっくり料理すれば、斯様(かよう)に柔らかく、食べ易くなりまする」

「…………」

「この料理が気に入った、とご老中は仰(おお)せられましたな」

「ああ、言うた」

「でしたら、もう一度、食したくはございませぬか？」

「一度美味(うま)いものを味わったら、すぐまた、二度三度と味わいたくなる。だがそれは、人であるが故の醜い業(ごう)というものだ」

一旦言葉を止め、

「儂は、もうよい」

しばしの間をおいて、意次は言った。

「人並みの人生では到底味わい尽くせぬだけの美食も美酒も、ただ一度味わえたなら、それでよいのだ。……いや、ただ一度だからこそ意味がある。二度目は要らぬ」

意次の言葉には、人生そのものを味わい尽くした者のみが口にできる重みがあり、正寔はただ黙って聞き入るしかなかった。

(このお方は、矢張り一代の英傑なのだ。俺など到底かなわぬ)

しみじみと思ったあとで、だが、かなわぬながらも、己の言いたいことだけは言っておこうと気を取り直し、

「確かに、味わい尽くした者にとって、二度目は要らぬのかもしれませぬ。なれど、人は、己一人にて生きているわけではありませぬ」

正寔は懸命に言葉を継いだ。

「それを望む者があるあいだは、その者たちに望みを与え続けるのが、既に味わい尽くした者の為すべき義務なのではないでしょうか」

「望む…者？」

「はい。……そして、一度はできぬと思えたことでも、時をかければ或いはできることもございましょう」

「長州……」

意次の目に、忽ち淡い動揺が萌す。

だが、彼の心を徒にかき乱すことは、必ずしも正寔の本意ではない。それ故すぐに続けて、

「どうか、望みをなくされませぬよう——」

祈るような、ひたすら願うような語調で言った。

「平に、お願い申しあげます」

「………」

「出過ぎたことを申しあげました。お許しくださいませ」

その場で深々と頭を下げた正寔に対して、

「いや……」

意次は小さな背を丸めて口籠もった。その背は小さく震えている。声を殺して忍び泣いているのだということは、すぐにわかった。

こんなとき、かつての恩人になんと言葉をかければよいのかということもわからぬ

正寔ではない。だが、そのとき思いついた言葉を敢えて呑み込んだのは、正寔の、意次に対する愛情故であった。

それ故正寔は、しばし無言で小さな背中が震えるのを見守ってから、

「どうか、ご自愛くださいませ」

やがて短く辞去の挨拶を述べた。

「また、まいります」

「…………」

一礼し、踵を返す際、呼び止められるのではないかと思ったが、意次は正寔を呼び止めようとはせず、両手で顔を被っていた。

往時と比べればすっかり小さくなったように見えるその背が、なお微かに震えている。

「大儀であった」

小さな背中から、短く労いの言葉が洩れた。その声音もまた、悲しく震えている。

「すまぬ、長州……」

常人の耳では聞き取れぬほどの微かな震え声が、正寔の耳には容易に届く。

「すまぬ……」

意次は最早、こみあげる嗚咽の声を隠そうとはせず、その声は、去りゆく正寔の背に鋭く突き刺さった。

田沼家の用人・潮田内膳が正寔を訪れたのは、その数日後のことである。

潮田内膳は、意次が将軍・家治の側用人となる以前から田沼家に仕える古参の家臣であった。

意次が側用人に出世して加増され、遠江国相良藩五万七千石の大名に取り立てられた際、将軍家から相良への築城を許された。従来の城持ち大名が、老朽化した城の修繕を願い出ることすら、幕府からあらぬ謀反を疑われはせぬかと憚られるご時世に、それだけでも破格の待遇といってよかった。

このとき、田沼家の家老・井上伊織とともに、城の縄張りを手がけたのが、潮田内膳である。

そもそも田沼家の家臣団は多士済々、重臣の殆どが正規の武士ではなく、その才を意次に見出された異才の持ち主たちばかりであった。彼らの多くは浪人や農民出身の者たちで、正寔が常々居心地よく感じていた、開放的で独特な田沼家の家風も、それ故のものであったかもしれない。

中でも、潮田内膳の半生は謎めいている。

生国は不明で、元々諸国を遍歴する修験者か普化僧のような者だったのではないかと噂されていた。

年齢は、おそらく五十がらみ。しかと訊ねたことはないが、これまで言葉を交わした限りでは、正寔とほぼ同い年かと思われた。諸国の事情に詳しく、話題も豊富な才人、といった印象の人物である。

(だが、潮田殿が何故儂を?)

正寔は当然訝った。

田沼意次は、昨年、家治の死と前後して老中の任を辞し、雁之間詰に降格された。その後、大坂の蔵屋敷に保管されていた財産をはじめ、家治の代に加増された二万石も神田橋御門外の江戸屋敷も没収され、謹慎を命じられている。最早家臣たちを養う財力もない主家を見限り——或いはこれ以上負担をかけられぬと慮って——多くの家臣は田沼家を去った筈であった。

潮田内膳が、既に田沼家を辞した上で正寔を訪問しているのか、それとも、田沼家用人として訪れているのかは、かなり重要な問題であった。

(いや、はっきり田沼家用人、と名乗ったのだったな)

潮田の来訪を告げに来た若党の言葉を、正寔は、ふと思い返した。だが、

(既に田沼家を去り、私人としての訪問ならばともかく、この時期、田沼家の用人が我が屋敷を訪れた、という事実はちょっと不味いな)

というような常識的な危機感は、もとより正寔には一切ない。

(何の用だろう? 先日の卓袱の礼かな? わざわざ、よいのに……お礼の品など持参されたなら、却って申し訳ないな)

首を捻りながら、潮田を待たせた次の間の隣の書院へ向かうまでのあいだ、正寔は夢にも思わなかった。田沼家の用人を名乗る人物を、このとき易々と自邸に迎え入れたことが、後々禍を招くことになる、などとは——。

仮に多少悪い予感がしたとしても、それを理由に、潮田内膳を門前払いにできる正寔ではなかったであろうが。

「話がすぐに済むようなら茶菓のみでよいが、半刻以上に及びそうなときは酒肴の支度を頼む」

書院の襖を開ける際、ちょうど茶を運んで来た絹栄の耳許に正寔は低く囁いた。

「かしこまりました」

もとより、絹栄に否やはない。

第一話　長崎卓袱（しっぽく）

一

「おい、聞いたか、小判の相場がまた下がっているそうじゃ」

「ああ、近頃では、小判一両につき銀五十匁（もんめ）で取り引きされているらしいのう」

「それはひどい。……ついこのあいだまでは、六十匁以下ということはなかった筈じゃが」

「こうも米の値があがったのでは、相場が落ち着かぬのも無理はあるまい」

「まったくじゃ。畏れ多くも、公方（くぼう）様のお膝元で、あれほどの騒ぎが起こるのじゃからのう」

「まったく、世も末じゃ」

「今度こそ、山城守様の祟りかもしれぬな」

「いやいや、祟りと言うなら、先の公方様の祟りにほかなるまいよ」

「毒を盛られて亡くなられたというのは本当かのう？」

「おいおい、滅多なことを言うものではないぞ」

評定所で執務中の評定所番たちが好き勝手に交わし合う私語は、残念ながら正寔の耳にはすべて筒抜けだった。

彼らはそれなりに声をひそめているつもりかもしれないが、正寔の聴力は常人の二～三倍。すぐ隣の部屋で起こる物音ならば、溜め息の一つも聞き逃さない。

（そうだ、滅多なことは口にするなよ）

部下たちの会話を聞き流しつつ、正寔は思う。

（こんなご時世、折角与えられたお役を失いたくなくば、つまらぬ無駄口をきくものではない）

帰り支度を調えた正寔は、そのときわざと、

――タタンッ、
と高い音を立てて障子を開け閉めした。

その音に戦き、部下たちは漸く私語を止める。

勘定奉行の職に就いて一年近く――。

正寔は既に部下たち一人一人の個性を把握していたし、彼らが日頃から物事に細かい性質なのも、この職務故だと理解してもいる。

評定所番の主な仕事は、連日山ほども持ち込まれる評定の書記である。評定が終わったあとには、覚書として書き留めたものを正式な文書として書き残す。

つまり、紙面に向かって黙々と文字を認める仕事だ。孤独な作業である。仲間と顔を合わせれば、つい無駄口をききたくなるのが人情というものであろう。

（それに、奴らが言うのももっともだ。よりによって、江戸のご府内であれほどの騒ぎが起こるなど、あってよいことではない）

正寔の心に、忽ち、言葉にできない憤りが萌す。

天明三年の浅間山大噴火にはじまり、ときを同じくして諸国に広がった大飢饉はその後数年にも及んでいた。

昨年は関東近郊で大水害が発生し、同じ頃に起こった江戸の大火とともに、数千に及ぶ死者をだしている。下々の者たちが「祟り」と囁くのも無理はないほど、ありとあらゆる災厄が、この数年来、江戸・大坂から諸国へと蔓延していた。

災害が起こって困るのは、なんといっても、食糧が不足することだ。とりわけ、米の不足は深刻であった。

　それ故、米価の高騰が止まらない。

　米問屋はもとより、米を買い占めていると思われる富家の米蔵などが襲われる事件は、上野から信濃にかけて広がり、天明四年には遂に、天領である武州多摩郡の村山で、領主への訴願行為を全くおこなわずに米の買占めをしていた者に対する打ちこわしが起こった。

　今年になって、不穏な気配は益々濃厚となり、遂に先月末、江戸の市中でも大規模な打ちこわしが発生した。

　昨年十月から今年三月にかけて、町奉行はお救い米の支給をおこなったが、充分なものではなく、すべての困窮者を救うことはできなかった。

　五月に入ってからは連日、お救い願いをうったえる者たちで町奉行所の前は溢れかえった。

　だが、奉行所はいつまでたっても、なんの救済策もとらず、元々傲岸不遜な人柄で江戸の庶民たちから嫌われていた北町奉行の曲淵景漸が、「町人ふぜいが米を食うものではない、米が無ければ犬でも猫でも、食えるものを何でも食うが良い」と言い放った、というまことしやかな流言まで広まった。

そんな心ない町奉行への不満もあり、江戸の所々では、小規模な打ちこわしが発生するようになる。

それが、大規模で広域的なものとなったのは、五月二十日夕刻以降のことだった。赤坂の米屋、搗米屋が軒並み二、三十軒打ち壊され、やがてそれが深川界隈にまで広がった。一夜明けてもなおその勢いはやまず、浅草蔵前から小網町の辻にまで、「米の値を下げろ」と連呼する暴徒の怒声が鳴り響いた、という。

しかし、暴徒ではあっても、あくまで賊徒ではなく、彼らは米価の値下げを叫び、世直しを叫ぶ義賊であった。間違っても、自ら略奪をおこなう者はいなかった。

ところが、事態が収束されぬまま更に一日が経つと、その様相は一変する。打ちこわしの混乱に乗じて略奪行為をおこなう者が現れたのである。

その頃には既に、事態収束のため出動した町奉行所の手勢が打ちこわし側の反撃に遭って多数死傷させられていたから、このまま混乱が続けば、なんでもやりたい放題だと考えたのだろう。

かくて、全くものの役にたたなかった奉行の手勢に代わって、遂に御先手組——所謂火付盗賊改方の出動するところとなった。

奉行所の与力や同心の職務が、あくまで探索と取り調べであるのに比べ、火盗改（あらため）の与力や同心の仕事は実戦――押し込みや強盗犯と戦闘の末、捕らえることである。当然、一人一人が一騎当千（いっきとうせん）の強者（つわもの）だ。

凶悪犯の捕縛にかけては名にし負う火盗改の強者たちによって、打ちこわしの首謀者が捕縛されるに及んで、騒動は漸く沈静化した。日々凶悪犯を相手にしている火盗改が、神妙に縛（ばく）につかぬ者は容赦なく斬り捨てる、ということは、広く江戸庶民に知れ渡っている。当然、怖れ、ひるみ、気軽に打ちこわしに参加する者はいなくなる。

火盗改が出動した二十三日から翌二十四日夕刻にかけて、市中の騒乱はほぼ終息した。

とはいえ、すべての下手人（げしゅにん）が捕らえられ、獄につながれたわけではない。略奪をおこない、奪うために人を殺したような悪人でも、混乱に乗じて逃れたかもしれないし、庶民の生活苦を憂い、本心からの世直しを望んで決起した者たちこそが捕らえられ、獄門首（ごくもんくび）になるのかもしれない。

(なんということだ)

騒ぎが起こった二十日の夜から、正寔は評定所に留まり、上からの指示を待った。ほぼ江戸の中心地といっていいあたりが、暴徒によって蹂躙（じゅうりん）されているのだ。幕閣の要職にある者に対しては、然るべき指示がくだる筈である。屋敷では、周辺の騒ぎを聞きつけた絹栄がさぞ不安がっているであろうことも充分承知していたが、ここは留まるべきだと判断した。

（すまぬ、絹栄）

何度も心で妻に詫びながら。

だが、二十日未明から二十二日にかけて、老中からはなんの沙汰もなかった。

（つまり、なんの策もないということか？）

さすがに不安になった二十三日――つまり、火盗改が出動した日になってはじめて、老中の水野忠友から、勘定奉行に対して、「お救い金として、二万両を用意するように」との命が下された。

（ここで、金か？）

正寔は開いた口がふさがらなかった。

田沼意次の失脚後も田沼派の老中たちはその座にとどまっている。水野忠友も、その中の一人である。老中ではあるが、いまやなんの力も持たぬ存在だ。

幕府の最高権力者は、言わずもがな新将軍の家斉だが、弱冠十六歳の少年にすぎない。若き将軍の後見を自負する実父の一橋治済は、ただただ、我が子を将軍の座に就けるための権謀に心血を注ぎ、それが成ったからは、自ら栄華を極めることしか頭にない、典型的な俗物だ。

幕府の最高職とされる大老の井伊直幸(いいなおひで)には政治的な見識はなにもなく、寧(むし)ろ密かに問題を起こしているため、早晩職を辞することになっている。

つまり、政(まつりごと)を、まともに裁量できる人間が、どこにもいないのだ。町奉行のお救い米が中途半端なものにしかならなかったのも、無理はなかった。

(いまこそ、あなたの出番ではないか、越中守(えっちゅうのかみ)様)

固く拳(こぶし)を握りしめつつ、正寔は思った。

松平(まつだいら)越中守定信(さだのぶ)。

八代将軍・吉宗(よしむね)の孫にして、かつては将軍家世継ぎにと望まれた俊才。いま最も、幕閣の最高責任者にと望まれている男にほかならない。だが、ことは、正寔が思うほど単純には運ばぬようで、定信の老中就任は、未だ難航しているらしいのである。

風説によれば、定信の老中就任に最も難色を示しているのは家斉の実父・一橋治済だという。そもそも、将軍家の後嗣(こうし)にとの声もあった切れ者の定信が幕府の頂点にのぼっては、我が子・家斉が危機に瀕するのではないかと案じているらしい、と小耳に挟んだとき、

(馬鹿か)

吐き捨てたくなる思いを、正寔は堪えた。

兎角世の中はままならない。

柵だらけの武家社会で、物心ついてからの四十年以上を生きてきた。正寔とて、思うだけで願いがかなうなどとは夢にも思っていない。思ってはいないがしかし、

(なにも、為すべき術がないということはありますまい、越中守殿。……はじめから、その程度のお人だと存じておったら、貴方様の走狗になどなってはおりませぬぞ)

そんなことを思いながら評定所の廊下をぼんやり歩いているとき、

「長門守殿、しばし、しばし――」

不意に背後から呼び止められ、正寔はつと我に返った。

「しばし、よろしゅうござるか?」

「久世殿」

無意識に振り向き、そこに、相役である久世広民の姿を認めた。認めると同時に、少しく重苦しい気持ちになった。

公事方と勘定方、併せて総勢四名からなる勘定奉行は、それぞれの役務にのみ従事すればよく、その役務も当番がきっちり決まっていて、己の当番ではない日に出仕す

る必要は全くないのである。

中には、三度に一度は、己の当番の日を、それと承知で無視する怠け奉行もいるほどだ。

それを、己の当番でもない日にわざわざ出向いて来たのは、正寔に対して、余程さし迫った用件があってのことだろう。

そして、その用件の内容についてもある程度予想がつくだけに、正寔の気持ちは一層沈みがちになる。

「なにかご用がおありか?」

だから正寔は、殊更白々しい表情をつくりつつ、努めて明るい声音で問うた。

「いえ、用というほどのことではないのですが……」

久世広民はやや目を伏せて口調を弱める。明らかに逡巡している様子である。

(おや?)

正寔は奇異に思った。

かつて、年長者である北町奉行の曲淵景漸を、

「町奉行でありながら、打ちこわしの場に出向かれぬとはどういうことか」

と臆せず痛罵した男である。

多少のことで気後れするとは思えない。気後れでないとすれば、余程の重苦しい不安が、その胸中に渦巻いているのであろう。正寔はぼんやりそれを察した。

「よろしければ、これから我が家へまいられぬか、久世殿？」

「え？」

「下戸の久世殿を酒に誘うのも気がひけるのじゃが、奉行が二人、役所の中でこそこそ密談しているなどと思わせては、徒に不安がる者もおりましょう」

「それは、確かに――」

「それ故、我が家にて暫時ご休息なされてはいかがかな。ここからならば、久世殿のお屋敷より、我が家のほうが幾分近いかと存ずる」

「い、いや、そのようなご迷惑をおかけしては申し訳ない……」

久世広民は忽ち尻込みしたが、

「いやいや、そう遠慮なさるほどのおもてなしはできませぬ故、ご安心くだされ」

正寔は強引に久世を誘った。

「いや、しかし……」

「無理に酒を勧めたりはいたしませぬ故、ご安心くだされ」

なお逡巡する広民の手をとらんばかりに正寔は誘い、自邸へ招いた。

これまでは、なかなか機会に恵まれなかったが、この際彼とはじっくり話してみたい。酒を呑まぬ久世広民となら、酔漢同士のとりとめもない戯れ言にならず、最後まで明瞭な座談ができるはずだ。

しかし、この日久世広民は、柘植家の座敷に通されると、意外にも自ら酒を所望した。

二

「お救い金など、所詮焼け石に水だ」

ほんのひと口舐める程度にあおった酒で酔ったのか。

「結局、なんの役にもたっていないではないかッ」

久世広民の口調は次第に熱を帯びていった。

しかも、相当激しい。

「そうは思われぬか、柘植殿？」

「ま、まあ、そうは言っても、いまはそれくらいの救済策しかとれぬのだから、仕方あるまいよ」

正寔の口調は無意識に宥めるものとなる。

正寔とて、内心では広民と全く同じことを思っているのだ。

打ちこわしがはじまってまもなく、老中の水野忠友は勘定奉行に二万両の金子を用意するよう命じた。困窮者に対してお救い金を支給するためにほかならなかった。

一人あたり、銀三匁二分のお救い金が、果たして、なにほどの足しになったのか。

米の価格は、平時ならば百文で一升というのが相場であったが、近頃では百文で三合ほどしか購えぬらしい。

腹を空かせた貧民たちなら、銀三匁ほどの金など、忽ち食い尽くしてしまうだろう。

「だいたい、貨幣の相場が安定していないところへ、貧民救済の名の下に、徒に金をばらまくことになんの意味があるというのだ？」

久世広民は、こみ上げる怒りに身を震わせた。言うことは実にもっともだが、真っ直ぐ正寔を見据えたその目は、完全にすわっている。

酔漢の目であった。

（しかし、ほんのひと口舐めただけで、ここまで酒がまわるものか？）

内心の困惑をひた隠しつつ、

「では、久世殿は、この局面をどうすれば乗り切れるとお考えか？」

冷めた口調で正寔は問い返した。

「…………」

流石に広民は口を噤む。

考え込んだ様子で俯きながら、ふと箸をとり、膳の上の小鉢の料理に箸をつけた。

絹栄が得意とする焼き穴子と茗荷の酢の物であった。ふわりとした穴子の焼き加減と茗荷の風味が絶妙な酒のあてであり、日頃、武家の膳に供されるような料理ではない。しかし、日頃口にすることのない珍味が、広民には新鮮だったのだろう。

（はじめての客故、絹栄も気を遣ったのであろうが——）

膳の上に並んだ料理は、穴子酢の他、昆布鱈、茄子の鴫焼、蕗の煮つけに芝海老豆腐と、飯のおかずにもなるが、同時に酒もすすむという居酒屋料理ばかりであった。

「本日の客人は下戸故、酒はそれほど用意せずともよい」

と、若党の新八郎を通じて事前に告げてあったが、久世広民という名を聞いて、絹栄は忽ち張りきる気になったのだろう。

なにしろ、長崎奉行時代からの夫の相役だ。それほど縁の深い相手でありながら、これまでさほどの親交もしていなかった。

一つには、下戸の広民を酒に誘えなかったということもある。

だが、折角当家を訪ねてくれたのだから、この機会に、夫と肝胆相照らす仲になってほしいと思うのは、内助の功を自負する絹栄にすれば、当然であった。

（いや、久世殿は、絹栄の料理を口にしたから酒を呑んだわけではない。……我が家に着くなり、酒を呑ませていただきたい、と言い出したのはこの男のほうだ）

正寔は思い返した。

そして、請われるがまま呑ませたのは正寔だ。呑みたがっている者に、呑ませない理由などない。

「此度の、江戸での打ちこわしとときを同じくして、大坂でも、大きな打ちこわしが起こってござる」

「そのようだのう」

「大坂で起こったということはつまり、この騒ぎが西国諸国へと広がってゆくということではござらぬか、柘植殿」

「…………」

「となれば、西国諸国はおろか、やがて九州四国……この国すべての地域に広まっていきますぞ」

「そうでしょうな」

仕方なく、苦りきった顔で正寔は応えた。

江戸とほぼときを同じくして大坂で起こった打ちこわしの情報が江戸にもたらされたのは、江戸の打ちこわしが収束に向かいはじめて後のことである。

「何れは、六十余州尽く、焦土となるやもしれませぬ」

久世広民の絶望的な見解も、仕方のないことだ、と正寔は思った。

正寔自身、いまは家族や家人の手前、平静を保っているのが精一杯なのだ。だが、

(だからといって、徒に悲観するだけでどうなるというのだ)

できれば口に出して言いたかった。

正寔には天性の明るさがある。それ故楽天家でもある。

(少なくとも、打ちこわしの首謀者たちに、謀反だという認識がない以上、如何に無法をおこなったとしても、最後まで幕府の沙汰に叛くということはないだろう)

と正寔は予想した。

つまり、世直しの意識はあっても、幕府に対する叛乱の意志はない。

そうである以上、幕府の支配を根底から揺るがすほどの力にはなり得ぬ筈だ。

あとは、この事態を見事に収束できる者が現れればいい。日頃冷静沈着な久世広民をすら不安に陥らせ、呑まずにいられぬほどの精神状態に追い込んだのも、つまりは

そういう、全く未来が見えないことへの恐怖故だろう。

「したが久世殿、そう悲観することもありますまい。食糧が足らぬなら、阿蘭陀や清から、買い入れればようござる。奴らが、我が国の産する質の良い金や銀を、喉から手の出るほど欲しがっていることは、貴殿も承知しておられよう」

「阿蘭陀や清から買い入れられる食糧など、たかが知れておりましょう。せいぜい、長崎とその近隣の村々に行き渡るくらいが関の山。……江戸すら救えぬ」

「阿蘭陀はともかく、清国――かつて、明であり元であった彼の国の国土が如何ほどか、久世殿はご存知か？」

「…………」

「我が国の約二十五倍だそうでござる」

「二十五倍？」

「ええ、ざっと見積もっても、我が国の二十五倍でござるよ。それがどういう意味をもつか、おわかりか？　農作物の産出量も、即ち我が国の二十五倍ということではござらぬか」

「い、いや、しかし、たとえ国土は広くとも、事はそう単純な問題では……だいたい、ひと口に農作物と言うても、一体なにが、何処でどれくらい作られているのかも定かではないわけで……」

「そのとおりでござる」

戸惑い、困惑しながらも、それでも懸命に自説を唱えようとする広民を、正寔ははっきりと肯定した。

「彼の国の事情など、何一つわからぬ」

「………」

「それと、同じことなのではないかのう」

「え？」

「この国の先行きがどうなるか、そんなことは誰にもわからぬ。大きな大きな清の国の、何処でどんな作物を産しているのかわからぬのと、同じことなのではあるまいか？」

「では、なにを考えても、所詮無駄ということでござるか？」

「いや、無駄ではござらぬ」

正寔はきっぱりと首を振る。

「考えることをやめたら、米を求めて市中を脅かす暴徒と変わらぬ。我らは、腐っても幕臣。どうすれば、飢える者を減らし、世に平安をもたらせるのか、四六時中考えていなければなりませぬ」

「柘植殿」

「考えても報われず、結局なにも変わらぬとしても、我らは常に考え続けねばなりませぬ。それが、長年幕府からお扶持をいただいている者の務めというものではござらぬか、久世殿」

「申し訳ない、柘植殿」

つと威儀を正し、真っ直ぐ正寔の目を見返して久世広民は言った。

「それがし、了見違いをしておりました。お恥ずかしい限りでござる。……幕臣たる者、如何なる不慮の災難に際しても、狼狽えることなく、民を導く強さを持たねば。柘植殿が仰有るのは、つまりそういうことですな？」

「あ、いや、まあ、そんな感じであろうかなぁ……」

広民の言葉つきがあまりに立派すぎて、正寔は少しく戸惑った。正寔の口から出た言葉は、大半酒の酔いが言わせていることで、それほど深い意味はない。それが自分でもわかっているから、戸惑ったのだ。

だが、

「そういうこと…で……」

口走りつつ広民は言い淀み、脇息（きょうそく）に凭（もた）れた姿勢のまま、やがて深く項垂（うなだ）れた。

「久世殿？」

問いかけるも、応えはなかった。どうやら寝入ってしまったようだ。

（まさか、ほんのひと口の酒で酔い潰れるとはな）

内心呆れつつも、正寔はその寝顔にしばし見入った。

日頃細かいことに気を砕き、酒も呑まず、ただただ民の安寧だけを願っている男の寝顔だ。それを、ただひと口の酒に酔い潰れたからといって、嘲（あざけ）ってよいわけがない。

（呑めぬ酒を、呑まずにいられなかったのだな）

思いながら正寔は、猪口（ちょこ）の中で既に冷めきった酒をひと息に飲み干した。


「殿様？」

障子の外から、絹栄が低く声をかける。

つい最前まで、夫と客人の言い合う声が聞こえていたのに、いまはシンと静まっていた。客をもてなす女主人としては、気になってしょうがない。

「お酒は足りておりますでしょうか？」

「いや――」

自ら障子を開け、やや酔った顔を覗かせながら正寔はかぶりを振る。

「酒はもうよい」

「では、お料理が足りておりませぬか？」

「料理も充分だ。久世殿も満足なされた」

「なれば、お茶でもお持ちいたしましょうか？」

「いや、それも必要なかろう」

と応えつつ、チラッと顧みた正寔の視線の先に、畳に身を横たえた久世広民の寝姿が見てとれた。障子に背を向ける形で身を横たえているため、絹栄には彼の寝顔は確認できない。

「よく眠っておられる」

「まあ」

絹栄は思わず、小さな嘆声をあげた。

口には出さぬが、僅か一合の酒で？という驚きが、瞬時に顔に表れたのだろう。

正寔はわざとらしく表情を引き締めて渋面（じゅうめん）をつくり、

「このところ、打ちこわしの後始末で何日も評定所に泊まり込まれたりして、疲れがたまっておられたのだろう」

と、殊更気難しげな口調で言った。

長年連れ添った妻の絹栄には、そういうときの正寔が懸命に笑いを堪えているのだということくらい、すっかりお見通しであるから、

「ですが、殿様も同じくらいお疲れの筈でございますが」

などという戯れ言は、間違っても口にしない。

「………」

口には出さず、ではどういたしましょう？　という顔で、絹栄は正寔を見返した。

「久世殿のお屋敷に使いをやってくれ。新八郎がよかろう」

「はい」

短く応えてすぐに踵を返そうとする妻を、

「絹栄」

正寔は思わず呼び止めた。

絹栄は黙ってその場で足を止め、小さく正寔を顧みる。

「………」

「殿様？」

呼び止めたきり、しばし考え込んで言葉を発さぬ正寔に、絹栄が怪訝そうに問い返

す。

「なにか？」

「いや、そういえば、訊いていなかったと思うてな」

「なにをでございます？」

「先月の打ちこわしの際、儂も何日か家をあけた」

「はい」

「この屋敷は、打ちこわしの被害がひどかった深川にも近い。或いは暴徒が、そのあたりを跋扈（ばっこ）していたかもしれぬ。……さぞ恐い思いをしたのではないか」

「恐ろしゅうございました」

すると忽ち、絹栄は訴えてきた。

「屋敷の外では、亥（い）の刻過ぎより絶えず獣の吠え声のような音がしていて……なにが起こっているのか、さっぱりわかりませぬ故、それはもう、恐ろしゅうて恐ろしゅうて……」

目を閉じて聞いていると、まるで若い娘から掻き口説かれているようでくすぐったく感じてしまう。

「なにより恐ろしかったのは、殿様がご無事にお帰りになられるかどうか……」

「え？」

「打ちこわしの暴徒が襲うのは米問屋や搗米屋であると聞いておりましたから、固く門を閉ざしてさえおれば、まさか邸内に押し入って来る者はありますまいが、暴徒で溢れる市中をお通りになる殿様の御身に害が及ばぬか、それを思うと、夜も眠れませんでした」

「………」

正寔はしばし絶句した。

絹栄の優しさに、僅かも感動しなかった、といえば嘘になる。

だが、大いに感動したそのあとで、正寔が評定所に連日泊まり込みであったその頃、絹栄は、六兵衛も新八郎もともに屋敷に留め置き、正寔の許へは行かせていない、ということを思い出したのだ。

主君の命を護る上で最も頼りとなる伊賀者の二人を正寔の警護に向かわせなかったのは、果たして、絹栄が故意にしたことなのか。それとも――。

（いや、ただたんに、そこまで思い及ばなかっただけのことだ。無理もない。屋敷の外では、大変な騒ぎが起こっているのだ。動顚しないわけがない）

正寔は、自らに強く言い聞かせた。

仮に、そのときの絹栄の真意がどうであれ、今更深く穿鑿すべきことではない。正寔自身、いまこうして、無事でいるのだから。

「清太郎が、言ってくれたのです」

「清太郎が？」

絹栄の唐突な言葉に、正寔は少しく混乱した。

「父上に、もし万が一のことがあったとしても、私が母上をお守りいたします、と。……子供だとばかり思っておりましたが、もう、すっかり一人前でございます」

「そ…うか」

満面の笑みで絹栄は述べたが、そのことに、正寔は少なからず衝撃を受けた。

妻の愛情と献身のすべては無条件で自分に向けられていると信じてきたが、いつの間にか、そろそろ成人に達する息子のほうにも均等に——或いはそれ以上に向けられているのかもしれない。

（そういえば、近頃は学問所よりも剣の稽古に精を出しているようだと六兵衛も言っていたが……）

柘植家の男子は、通常武家の男子が学問の師につき、道場に通う年頃に達する以前から、最も腕のたつ上忍によって、忍びの術を伝授される。正寔の嫡子である清太郎も、当然そうなる筈だった。

だが、教える気満々だった六兵衛に対して、

「もう、よかろう。徳川(とくがわ)の世になって既に百八十余年。今更、伊賀の伝統でもあるまい」

正寔は冷たく言い放った。幼少の頃から体が弱く、すぐに熱を出しては寝込んでばかりいた清太郎の体を、絹栄はひどく案じていた。絹栄をこれ以上心配させるようなことは、できれば避けたかった。

どうやらそれは六兵衛も同じであったらしく、

「仕方ありませぬな」

渋々ながらも同意した。

だが正寔には、それも些(いささ)か意外であった。

「それがしの代で、伊賀の伝統を潰(つい)えさせるわけにはゆきませぬッ」

てっきり、激しく抵抗されると思っていたのに。かつて、正寔に対しては厳格な父親のような気持ちで接してきた六兵衛が、正寔の息子のことは孫のように溺愛していると知ったときの衝撃は筆舌(ひつぜつ)に尽くしがたい。

(そのくせ未だに、俺のことは「若」呼ばわりだ。おかしいではないか)

今更ながらに正寔が思ったとき、

「殿様？」

絹栄が、じっと彼を見つめ返していることに、漸く気づいた。

「ん？」

「行ってもよろしゅうございますか？」

「え？」

「久世様のお屋敷に、お使いを出すのですよね？　お迎えの乗物を寄越すように、と

――」

「あ、ああ、そうだ。急いで行かせてくれ」

気の抜けたような顔で、正寔は応えた。その言葉を待ち、絹栄は漸く踵を返す。踵を返し、さやさやと衣擦れの音をさせながら、正寔の前から去った。あとにはほのかに、麝香の匂いが残る。

（おや、香を変えたのか？）

漠然と、正寔は察した。

三

天明七年六月十九日。

松平定信が、漸く老中首座に就任した。

陸奥白河藩主の定信は、老中の任に就くと同時に、勝手方取締掛、侍従を兼任することとなった。

五月二十日の江戸打ちこわし発生から、二十二〜二十三日にかけての一時的終息。その後約ひと月のあいだ、幕府内に於ける政権闘争は熾烈を極めた。

つまりは、定信を老中にしたい者と、絶対にしたくない者との闘いである。

実のところ、昨年十二月田沼意次の謹慎は一時解かれ、この年の年賀の席にも、老中に準ずる席次で列席していた。

それに、老中の水野忠友、松平康福ら、田沼派の残党はいまなおその座にあり、城中にもなお多くの田沼派は存在していたのである。

領地と財産こそ没収されたものの、この時点では、その気になれば政権への返り咲きも夢ではなかった。

だが、結局打ちこわしの勃発によって、田沼派の残党は完全に窮地に立たされた。

天下に騒乱が生じれば、当然ときの為政者が責任を問われる。この場合の為政者は、その座に就いたばかりの少年将軍ではなく、言うまでもなく、幕閣にとどまった田沼派の老中たちである。

打ちこわしの後、御用御側取次（ごようおそばとりつぎ）の役にあった田沼派の者たちがその責を問われて全員罷免されたことで、田沼派の力は急速に衰えた。

御用御側取次こそは、意次自身の出世の足がかりとなった役職だ。将軍と、老中以下の諸役人たちを取り次ぐ、最重要の将軍側近である。常に将軍の身近にあるという意味では、ときに老中以上の力を持つ。

その役から、田沼派の者が外れた、ということは、即ち将軍との繋がりを絶たれたに等しい。将軍との繋がりが絶たれれば、最早政権への返り咲きは不可能である。

定信が老中首座に就任すると、幕閣内に生き残っていた田沼派の残党もすべて一掃された。

三年前、意次の嫡男・意知（おきとも）を殿中で刺殺した佐野政言（さのまさこと）が、世間から「世直し大明神」ともてはやされたことは記憶に新しい。それほどに、権力者・田沼意次の人望は失墜していた。

代わって権力の座に就いたのは、その風貌も爽やかな二十八歳の青年老中である。

当然、市中の人気は大変なものだった。登城の際には、ひと目白河の貴公子のご尊顔を拝そうと、櫻田御門の外に人集りができると言う。

(馬鹿馬鹿しい。あの横柄な賢丸様が、人気とりのために乗物の戸を開けて顔を見せるわけがないだろう)

正寔は内心苦々しく思っている。

何れこの日が来ることはわかっていたし、心の底で望んでもいたが、少々面白くないこともある。

(人気がありすぎる——)

しかし、それについては定信自身が民間の人気を高めようとなにかをおこなったわけではなく、勝手にそうなっているのだから、仕方ない。

(とはいえ、一応お祝いくらいは申しあげるべきだろうか)

少しく困惑した面持ちで、正寔は首を捻っている。

(だが、就任から、既に三月以上も経っているのだぞ。今更、「この度は、老中ご就任おめでとうございます」というのも、おかしくないか?)

捻りつつ、なお正寔は自問する。

（しかし、賢丸殿がご老中になられてからお目にかかるのはこれがはじめてなのだから、仕方あるまい）

考えるうちに、正寔は次第に不機嫌になった。面白くないことの、おそらくそれが最大要因だ。

（そもそも、老中になった途端、偉そうに上屋敷に呼びつけるかね）

思わず声に出して憎まれ口をたたき、舌打ちしたくなったとき、書院の襖が音もなく開いた。裃姿の定信が軽快な足どりで入ってくる。どうやら、殿中から戻ったばかりのようだ。

「待たせてすまぬな。…余も近頃は忙しい身となった故」

正寔はさっとその場に平伏し、定信が、山水画の掛け軸を背にして上座に着くのを待つ。

「そう改まらずともよい、長州。知らぬ仲でもあるまいし。……顔をあげぬか」

いつになく明るい声音で定信は言うが、正寔はすぐには応じなかった。応じず平伏したまま、

「越中守様」

殊更改まった口調で正寔は述べた。

「ご老中ご就任、ご祝着至極にございます」

「厭味のつもりか、長州？」

問い返す定信の口調が少しく曇る。

「これはしたり。越中守様がご老中となられましてから、それがしははじめてのお目見えでございますれば、お祝いを申しあげるのは当然でございましょう」

「………」

言葉に詰まった定信の顔が見たくて、正寔はゆっくりと顔をあげた。

世間では団十郎ばりの人気を誇る白河殿の端正な眉間が暗く曇っているのを確認し、正寔は内心密かにほくそ笑む。

「他意はございませぬ。ましてや、厭味だなどとは、心外な――」

「そのもってまわった言い草こそが、他意のある証拠であろう」

最早完全に鼻白んだ口調で定信は言い、不快げに口を閉ざした。

(そうです。その不機嫌な仏頂面こそが、貴方様の本性。ご老中になられ、世間でもてはやされているからといって、急に可愛げのある人物を装わなくてもよろしい)

正寔のよく知る定信の仏頂面に大いに満足してから、

「いえ、はじめてこちらのお屋敷へお招きいただきました故、それがし、少々緊張いたしております」

　正寔は再び頭を下げ、恭しい口調で言った。

「お許しくだされませ」

「いや、余も、本来なればそちには茶をふるまいたいところなのだが……兎に角、多忙なのだ、許せ」

「わかっております、越中守様…いえ、ご老中――」

　正寔は真顔で応えて顔をあげ、漸く定信と視線を合わせた。

「茶は馳走できぬが、すぐに酒肴を持たせる故、機嫌を直せ、長州」

「それはいけませぬ」

　だが、強い口調で、正寔は警める。

「何故だ？」

「それがしは、本日はじめて御当家を訪れました新参者。はじめて招かれた者が、ご老中と親しく酒を酌んだなどという噂が広まるのは、貴方様にとって、決してよろしいことではございませぬ」

「長州――」

　正寔の言葉を途中で制しようとする定信の呼びかけを、正寔は無視した。

「それがしは、あくまで陰にて貴方様のお役にたつべき者。表に名が知られては、これまでのようにはゆきませぬ」

「どういうことだ、長州？」

窺うような顔つきで、定信は問い返す。

老中になったことで、これまでと明らかに違ってきたことは数多くある。

中でも最も顕著なのは、彼と顔を合わせる誰もが、出世目的で阿諛追従を口にするようになったことだ。少しでも面識のある者はより親しくなろうと懸命に擦り寄り、一面識のない者ですら、さも縁のある者の如く、近づいてくる。

筆頭老中とは、それほどの存在なのだ。

然るに、折角その筆頭老中と浅からぬ縁を持ちながら、それをなかったものの如くせよ、とはなんと不可解なことを言う男なのだろう。定信の疑問は極に達する。

「それはつまり、余の側近にはならぬ、ということか？」

「お側におかれるのでしたら、それがしなどより、余程適した方々がおられましょう。それがしにできることといえば、せいぜい、使い走り程度の仕事にすぎませぬ」

「…………」

「なれど、それがしが貴方様の側近として世間に知られてしまえば、最早そんな些細な使い走りの働きすらできなくなりますする。それでは、それがしの存在する意味がありませぬ」

「そ、そんなことはない。そちは有能な男だ」

「いいえ――」

戸惑う定信の視線を真っ直ぐ見据え、有無を言わさぬ強い語調で正寔は言葉を継いだ。

「それ故、それがしに、これまで同様表沙汰にできぬご用事をお言いつけになりたいのでしたら、この上屋敷に招くのはこれを最後になされませ」

「で、では、今後そちに用のあるときはどうすればよい？……いまも申したとおり、余は多忙じゃ。わざわざ内藤まで出向いている暇はないぞ」

「それこそ、茂光殿にお申しつけになればよろしゅうございましょう」

「…………」

定信が不満げに口を閉ざしたのは、

（それでは、余が直接そちと会って話ができなくなるではないか）

という言葉を呑み込んだためだとは、正寔もさすがに気づかない。

折角上屋敷に呼んでやったのに、それを歓ばぬどころか、剰え、わけのわからぬ説教をたれる正寔に腹を立てているのだろう、と想像した。

二人のあいだにそんな齟齬が生じていることを、定信の最も信頼する用人である茂光が知れば、蓋し、

「柘植様は相変わらず、賢丸様のことが全くわかっておられぬ」

と呆れ顔をすることだろう。

「わかった」

しばしの間をおいて定信は応えたが、

「今後はそちの言うとおりにしよう」

重ねて応えたきり、なお気まずげな沈黙は続いた。

(まあ、気を悪くされるのも、無理はないか)

正寔は内心苦笑し、

「それに、それがしは、世間では一応田沼派と思われております故、早速越中守様に取り入り、まんまと側近におさまったなどと知れましたら、とんだ変節漢だと謗られましょう。……ただでさえ、伊賀者は信義を知らぬ忘恩の徒と言われておるのですから」

苦笑まじりの軽い口調で訴えた。正寔なりの追従である。それは定信にも通じたの

だろう。

「戯けたことを……」

やや眉間を顰めつつも、定信は口許を弛めて苦笑した。

だが、つと我に返ると、やおら顔つきを引き締める。

「田沼といえば――」

正寔に向ける目からは既に迷いが消え、鋭く研ぎ澄まされた刃の如き気色に変わっていた。

「田沼から、相良城を取り上げたことも、そちは面白く思っていないのであろうな」

「…………」

「じゃが、あれは致し方のないことぞ」

「はい、それがしも、そう思います」

「え？」

あっさり肯定されて、定信は再び言葉を失う。

「あの城は、田沼様が一代で築かれた徒花のようなもの。そもそも遠州相良は、幕府の天領でございました。宝永七年に藩がおかれてからも、彼の地を統治する者の身分は藩主ではなく、あくまで年貢を管理するための代官でございます。天領を家臣に与えるなど、あってよいことではありません」

「そ…うか」

　正寔の能弁に対して、定信の戸惑いは続く。

「それ故、田沼様のご支配がかなわなくなったからは、藩を廃し、天領に戻すが道理。天領に城は必要ありませぬ」

　その戸惑いを打ち払うように正寔は言い、定信の言葉を待った。

　この書院に通されてから、待たされた時間も含めて、もうかなり長いこと、居心地の悪い状況におかれている。そろそろ、本題に入ってほしい。そんな言外の意をこめたつもりであった。

　その意が通じたか、定信は再び隙のない顔つきになり、

「では、長州、いまなお田沼派を自任するそちに、改めて訊く」

一縷の情もない突き放した口調で、鋭く言い放った。

「田沼は、これまでに没収された私有財産の他にも、なお私財を秘匿しているのではないか？　そしてそれが何処に隠されているのか、そちは存じておるのではないか？」

「え？」

正寔のほうが絶句する番だった。

どうやらそれが、今日彼が白河藩上屋敷に呼ばれた理由であるらしいことは理解できるが、肝心の定信の言葉が全く理解できない。

「昨年、田沼の謹慎が解かれる少し前、田沼家の用人が、そちの屋敷を訪ねたであろう」

「…………」

（相変わらず、見張ってやがるのか）

正寔は忽ち鼻白んだ。

賢丸様を幼少の砌より警護し、長じて後は唯一無二の彼の理解者としてその側近く仕える用人の茂光から、なんと弁護されようと、定信のそういうところが、正寔には我慢ならない。四六時中見張らねば気がすまぬほど信用できぬ相手に、これ以上一体何を望むというのか。

「さあ、何年何月と、しかと日付までは覚えておりませぬが、確かにその頃、田沼家用人の潮田内膳殿が、当家を訪ねてまいられたかもしれませぬ」

「用件は？」

「は？」

「そのときの、潮田某の用件がなんであったかと訊いておるのだ」

「…………」

「まさか、わざわざ卓袱の礼を言いに来たわけではあるまい」

「え？」

（卓袱のことまで知っているとは——）

正寔は驚くと同時に甚だ呆れた。

するると、そんな正寔の心中を忖度したのだろう。

「言っておくが、余が見張らせていたのは、あくまで田沼とその身辺だ。あの時期、田沼がその気になれば、まだまだ政権の座に返り咲く余地はあったからな。……そんなとき、そちはわざわざ謹慎中の田沼を見舞った。実によい心がけじゃ」

極力感情を抑えた、冷ややかな声音で定信は言った。

「田沼様には、かねてより、過分にお取り立ていただいておりました」

「心のこもった忠臣の差し入れに、田沼殿も、蓋し随喜の涙を流してお喜びになったことであろう。羨ましい限りじゃ」

「卓袱をお望みでしたら、いつでも馳走仕ります。愚妻の手料理などでよろしければ——」

「はて、卓袱どころか、余は、そちから、葡萄酒一杯馳走になったこともないわ。……そちの上役でもなければ、そちを過分に取り立ててやったこともない故、仕方ないのう」

(素面(しらふ)で、よくもここまでからめるものだ)

正寔は内心呆れている。

正寔にしてみれば、やっと念願の老中の座を得て少々浮かれ気味の若殿が、ふと気まぐれに呼びつけた野良犬同然の者が一向自分に靡(なび)く気配をみせぬことに腹を立て、くだらぬ言いがかりをつけてきているとしか思えない。

正直言って、これ以上彼の相手をすることすら、

(面倒臭(くせ)え)

というのが本音だった。

それ故、憂鬱げに目を伏せ、口を閉ざしていた。

明らかな拒絶の感情だけは、定信にも充分伝わったのだろう。

「話を戻す」

定信は再び抑えた口調に戻った。

「潮田は、そのとき田沼家の隠し財産のことを、そちに告げたのではないのか？　或

いは、最も信頼できる田沼派のそちに、隠し財産を託したのではないか？」

「正気で仰有られておられますか？」

正寔の口から、怒りに任せた言葉が無意識に漏らされた。それくらい、瞬時に頭に血が上った。

「そう思われるのでしたら、何故潮田殿が当家を訪れたそのすぐあとで、それがしを詰問なされなかったのです？」

「わからぬか、余もそれほど暇ではないのだ」

正寔の怒りを受けて、定信の口調も苛立ったものとなる。

「では、いまはお暇になられたということですか？」

「揚げ足を取るでない」

「これは失礼仕(つかまつ)った。ですが、それがしがもし、そのとき潮田殿から田沼家の隠し財産とやらを託されていたとしたら、とうの昔になんらかの方法でそれを何処かに隠した、とは思われませぬか？　あれから、半年以上も経っておりますぞ」

「なに？」

「これほどときをおいてそれがしをお呼び出しになられたは、明らかに貴方様の失策でございまするな」

「言葉が過ぎるぞ、長州ッ」

「でしたら、この場でお手討ちになされませ」

「おのれ、推参(すいさん)なり、長州ッ」

　あまりにも傲岸不遜(ごうがんふそん)な正寔の言葉に、定信は思わず腰を浮かしかけた。

　養子に出されたとはいえ、元は八代将軍の血をひく御三卿(ごさんきょう)の若様だ。さすがに、臣下から、ここまで無礼な言葉を投げかけられることには慣れていまい。

　だが、己の腹立たしさに負けて刀を抜くなら、所詮そこまでの男である。そんな男にこの先もこき使われるなど真っ平だ。気にくわないなら、己の手で断を下すがいい。どうせこちらは手向かいできる立場ではないのだ。

　瞬時に腹をくくると、正寔は真っ直ぐ定信の目を見返した。

　だが、腰を浮かしかけた定信が身を捩(よじ)って傍らの佩刀(はいとう)を掴むより早く、廊下側の襖が音もなく開いた。

「殿」

　書院の外に控えていた用人の茂光が、たまらず顔を出したのである。

「茂光」

　定信が当惑気味に睨んでくるのを茂光は無視して、

「お言葉がすぎますぞ、柘植様」

その鬼のような形相を、真っ直ぐ正寔に向けて言った。

「茂光殿」

「だいたいあなた様は、賢…いや、殿のことが全くわかっておられぬ」

「…………」

正寔はさすがに困惑し、口を閉ざした。日頃控え目な茂光が、主人の御前であることもわきまえずここまで激昂するのは、最早尋常なことではない。正寔の言動が、それほど腹に据えかねたのだ。

だが、

「茂光ッ」

定信は忽ち顔色を変え、

「出過ぎた真似をするでないッ」

頭ごなしに茂光を叱責した。

「身の程を弁(わきま)えよッ」

「申し訳ございませぬ」

茂光は忽ち畏れ入って平伏したが、

「これはしたり、越中守様――」

　見かねた正寔はつい口をはさんでしまった。

「なんじゃ、長州」

「茂光殿は、それがしが貴方様に無礼な口をきいたために、それがしを窘めたのではございませぬか。貴方様の名誉をお守りしたいと思うが故の忠義の発言にございます。……それを、身の程を弁えろとはあまりな仰有りよう……」

「おやめくだされ、柘植様――」

「しかし、茂光殿――」

　忽ち茂光は悲鳴のような声を発する。

「悪いのは、それがしでござる。殿の御前であることもわきまえず、とんだ差し出口きき申した」

「なにを謝ることがある、茂光殿。この際、はっきり言うてさしあげたらよいのじゃ」

「ほう、なにを申すと言うのじゃ。面白い。言うてみよ、茂光」

「な、なにも、申しあげることなどございませぬッ。……よい加減にしてくだされ、柘植様」

額を床にすりつけたまま、茂光は小さく身を震わせる。

「殿、余計な差し出口をきき、申し訳ございませんッ。この茂光、衷心より反省いたしておりまする」

その憐れな姿を見ていると、さすがに正寔の心は痛む。

(そろそろ、いいかな)

思いつつ、正寔は静かに腰をあげた。

「越中守様」

「どうした長州、まだ話は終わっておらぬぞ」

「それがしには、もうこれ以上なにもお答えすることはありませぬ。それ故、これにて失礼いたします」

立ち上がり、その場で小さく一礼して、正寔は定信の前から辞去した。

「待たぬか、長州ッ、まだ話は終わっておらぬと言っておろうが……おのれ、余を愚弄するか、長州ッ」

定信の叱声が正寔の背に浴びせられたが、構わず、茂光の開けた襖から外へ出た。

あとは、長い長い大名屋敷の廊下を歩いて玄関に向かうだけのことだ。

(これで、勘定奉行の柘植長門守が筆頭老中の不興を買った、という噂は、明日の朝

までには御城中にながれていような）

きれいに磨かれた廊下を悠然と歩きながら、正寔は思った。

屋敷内には、大勢の間者が潜り込んでいる。彼らを通して、その雇い主たちは、松平定信の近況を知ることになる。彼を、暗殺しようとか、なんらかの弱みを握ろうという悪意の目的で間者を送り込む者も確かにいるだろう。

だが、そうでない者も、少なからずいる。

ただただ権力者に阿り、取り入りたいと望む者たちだ。彼らは、定信の日常から好きな食べ物、果ては女の好みにいたるまで、彼のすべてを知りたいと願っている。

（権力者になるというのも、よいことばかりではないのう）

思いつつ、正寔は心中舌を巻いた。と同時に、

（しかし、いまになって、田沼の隠し財産とは、馬鹿げた話よ。一体なにを考えているやら、あのお方は……）

その舌を激しく打った。

「…………」

表玄関で正寔を待っていた新八郎が、そのとき甚だ呆れ顔をして正寔を迎えたのは、中での騒ぎが、彼の耳には筒抜けだったためだろう。

（いい歳をして、なんですか大人げない）

冷めたその目に窘められているようで、正寔は少しく落ち込んだ。が、黙って窘められているのも癪なので、

「相変わらず、食えないお人じゃ」

さも忌々しげに呟いてみた。もとより、新八郎は無言のまま正寔の背後に付き随うだけだ。文字どおり、影のように——。

四

「大丈夫か、長州？」

松平定信の屋敷に呼ばれた数日後、評定所での内座寄合のあとで、土井大炊頭が心配そうに声をかけてきた。

定信の不興を買ったという噂を聞いてのことだろう。

「越中殿……いや、ご老中は、厳しいお方故、仕える者は苦労が絶えぬ、と聞いておる」

「いえ、それがしが、身の程も弁えず、無礼なことを申し上げたのでございます。ご

老中が気分を害されるのは当然のことにございます」

神妙な顔つきで目を伏せながら正寔は応える。

いまこの場にいるのは、大炊頭と正寔の二人だけではない。

打ちこわしの際に発したとされる問題発言とその際の不手際の責任を取らされて更迭された曲淵景漸に代わり、北町奉行の任に就いた石河政武も、未だその場に居残っていた。

彼にとっては、役に就いてはじめての内座である。寺社奉行の大炊頭とは、大いに親交を深めたいところであろう。若い頃は京都町奉行を勤めたこともあるが、元々江戸の旗本で、正寔とも面識がある。齢は十も上であるが、その気さくな人柄は熟知しているので、彼が北町奉行になってくれて、正直正寔はホッとしていた。

南町の山村良旺は相変わらず恐いが、多少は気心の知れた石河政武とならば、役職の垣根を越えて協力し合えるかもしれない。

(あれだけの大騒動のあとだ。幕府が一丸となって民の暮らしを支えねばならぬときに、奉行同士が啀み合っている場合ではない)

という正寔の思いを、かつて、「玄蕃兄」「三蔵」と呼び合ったこともある政武であれば、きっと理解してくれる。

が、そんな正寔の思いを知ってか知らずか、石河政武はまるで眠っているかのような鈍い表情で、己の座に座り続けていた。或いは、本当に眠っているのかもしれない。それ故大炊頭は、彼の存在を完全に忘れているのだろう。

相変わらず、正寔一人に話しかけてくる。

「近頃はあまりお目にかかっておらなんだが、それほどお変わりになられたのであろうかのう。余にとっては、いまでも、優しい兄君同然のお方なのだが——」

「え？」

正寔は微かに驚いた。

「ご老中……越中守様のことでございますか？」

定信と大炊頭が、幼馴染みであるということは、定信の用人・茂光からも聞かされていた。しかし、正寔の知る限り、定信は大炊頭のことを嫌っているようであった。

「余が望めば、唐や天竺の面白き物語も読み聞かせてくだされたし、庭の蝉や蝶も獲ってくだされた。……あんなにお優しいお方を、余は他に知らぬ」

だが、懐かしむ口調の大炊頭の表情に偽りはなく、本心から、優しい兄を慕っているようだった。

「左様で…ございまするか」

さあらぬていで応えつつ、

(魔性だ)

正寔はぼんやり覚った。

(大炊頭様のこの可愛らしい外見は、最早何にも勝る恐ろしい凶器だ。このお方に対して、害を為そうなどと思う者はおらぬ。誰もが、このお方の望むことを、無意識にかなえてしまう。……あの怜悧な賢丸殿でさえも。最早、魔性と言うしかない)

正寔の背筋に一筋の冷たいものが滴ったとき、

「で、本日は、これから我が屋敷に立ち寄ってくれるであろうな、長州?」

その一瞬の心の隙を見逃さず、大炊頭が問いかけてきた。

「え……」

「ご老中の不興を買ってうち拉がれているであろうそちのために、当家の料理人は腕によりをかけて山海の珍味を用意しておる。まさか、それを無にするそなたではあるまい?」

「…………」

大炊頭の魔性に戦きながらも、そこまで言われて断れる正寔ではなかった。

(山海の珍味か)

抗しようのない言葉である。

「玄蕃兄……いや、土州殿は？」

ふと傍らの石河政武を顧みた。深く項垂れ、どうやら本当に寝入っているようだ。

「おお、まさしく、土佐守の着任祝いではないか」

大炊頭は手を打って歓んだ。

どうやら今日は政武のことも誘うつもりらしい。

「どうじゃ、土州？　我が屋敷にまいるであろう？」

呼ばれた途端、石河政武は目を見開き、瞬時にその場で威儀を正した。

「はい。ありがたき幸せに存じまする」

（玄蕃兄？）

正寔は信じられぬ思いで、好々爺としか思えぬ風貌の政武を見た。

大炊頭からお呼びがかかるまで、寝たふりをしていたことは一目瞭然だった。

これでは断れるわけがない。

（それにしても——）

正寔は内心舌を巻く。

（大炊頭様も、着実に知恵をつけておられる）

　かつて親交のあった旗本同士であり、年長者である政武のための祝いの席だ、と言えば正寔は絶対に断れない。氷の心をもつ筆頭老中すらも容易く籠絡できる可愛らしい見た目に加えて、これほどの悪知恵を身につけるとは……。

（やれやれ……）

　大炊頭を乗せた駕籠のあとについて大名小路を歩きながら、正寔は心中深く嘆息した。

　大炊頭のことも定信のことも、ひととおり理解しているようで、だがその実正寔は、大炊頭にとっては優しい兄君である筈の定信が、何故近頃は大炊頭を嫌っているのか（或いは、嫌っているように見えるのか）、その理由だけは全く理解できていなかった。

　土井大炊頭の屋敷を辞して本所の柘植邸へ帰るには、鍛冶橋御門から出るのがよい。ところが、日比谷御門のほうに向いている土井屋敷の表門を一歩出た途端、正寔には鍛冶橋御門がどちらであったか、その方角がわからなくなった。

　それほど酔いがまわっていた。

　完全に酔い潰れてしまった石河政武を迎えの乗物に乗せる際、妙な意地が芽生えてしまい、自分は断固徒歩で帰ると言い張った。

それが、そもそもの間違いだった。

「殿——」

歩き出してまもなく、新八郎が耳許に囁いてきた。

「何処に向かわれるおつもりです？」

「何処もなにも……帰るのじゃ」

「でしたら、方向が違っております」

「え？」

「御門はこちらでございます」

新八郎に腕をとられ、半ば強引に、方向転換させられた。

（こやつ……）

瞬間、強い屈辱感に襲われるが、正寔には抗する術もない。いま手を離されたら、間違った方角にすら向かえなくなりそうだった。

「だから意地を張らずに、駕籠に乗ればよかったのです」

口には出さぬが、新八郎の全身からは心の声がだだ漏れに漏れている。

（久世を笑えぬ。俺もめっきり弱くなったものだな。……歳のせいか）

口に出せない憤懣を自嘲に変え、正寔は新八郎に手をとられて歩いた。

土井家で振る舞われた料理があまりに素晴らしかったので、ついつい酒を過ごしてしまった。正寔にとっては過ごしたと思える量ではなかった筈だが、気がつけば、この体たらくである。

清かな月影に映る己の姿があまりに惨めで、正寔は極力真っ直ぐ前を向いて歩いた。俯けば忽ち、だらしない己の影が見えてしまう。

「殿」

鍛冶橋御門を出て、なおしばらくお堀沿いに歩いているとき、新八郎が再び正寔の耳許に囁いた。

「何人だ？」

さも面倒くさそうに、正寔は問い返す。

行く手に、殺気が待ち受けているということには、割と早めに気がついた。殺気の潜むところが、五十歩ほど先の火除け地であることも容易に察せられた。問題は、潜んでいる人数である。酔いのせいで、人数までは正確に探れない。

（五人以上であれ、新八郎とて、瞬時に斬り捨てる、というわけにはいくまい。……酔っているときに刀を振りまわすと、更に酔いがまわるから、いやだなぁ）

と思った正寔の耳に、

「おそらく、四、五名かと」

新八郎が囁き返した。

（四、五名か）

一番いやな人数だ。

新八郎をしてもはっきり特定できぬということは、おそらく敵は忍びであろう。忍びはその独特の呼吸法によって、己の気配すら曖昧にすることができる。それ故、確かな人数を察することが難しい。

（また、厄介な連中に待ち伏せされたものよ）

辟易する正寔の体から手を離す際、

「一人は、お願いいたします、殿」

そっと耳許に囁いて、新八郎は彼の側を離れた。離れると同時に、懐の忍び刀を抜き、正面から来る敵に向かう。

正面から来る敵は一人だが、これはいってみれば捨て石で、間髪を容れず——ほぼ同時に左右から二人が、襲う。もとより新八郎はそれを察しているから、正面から来る敵の刃は巧みに身を捻って躱し、その次の瞬間、左右から来る二人の喉を、瞬時に裂いた。

次いで、気配を消して背後にまわり込んだ者の存在にも、新八郎は気づいている。正面の敵の肩を足場に跳躍して、中空でくるりと身を翻しざま、背後から来たそいつの鳩尾に、ザクリと突き入れた。

「…………」

三つの断末魔がほぼときを同じくして迸ったそのあとで、新八郎は、はじめに正面から殺到したそいつの喉を抉って絶命させた。

(着実に腕を上げておるな。恐ろしいことだ)

思いつつ、正寔はゆっくりと歩を進める。

新八郎が、瞬時に四人を葬ったというのに、未だ彼に向けられた殺気は潰えていない。新八郎の読みどおり、刺客の人数は五名だった。その最後の一人は、確実に正寔を襲ってくる。

正寔はつと、足を止めた。

止めるしかなかった。もしそのまま歩みを止めずにいたら、鋭い切っ尖が、正寔の脳天から臍の下あたりまで、一刀両断していただろう。

それ故正寔は、足を止めると同時に大きく背後へ跳び退った。

「ちッ」

刀を振り下ろしてきた相手は、そのとき小さく舌打ちをした。次いで吐息のような悪態を漏らす。

「命冥加な」

(馬鹿を言え)

心の中でだけ、正寔は言い返した。

(それだけ夥しい殺気を放っておいて、気づかれぬとでも思うたか。そっちこそ、命冥加よ)

思いつつ、無意識に激しく舌打ちする。

吐息のように囁いた男の低声が、妙に勘に障った。ここぞと人を待ち伏せするような者に、ろくな人間はいない。顔を見れば、蓋し、もっと癪に障ることだろう。

(折角、大炊頭様に馳走になり、ややよい気分になったというに……)

内心激しく舌打ちしつつ跳び退ったときには鯉口を切り、抜刀している。

飛び退いた中空で正眼に構え直し、そのまま真っ直ぐ降り立ちざま、斬り下ろした。

ぐがぁッ、

獣のような断末魔が短く響いた。

が、それで一瞬気を抜いてしまったのは、正寔の失策であった。

「があーッ」

まさしく獣の吠え声とともに、次の瞬間背後から襲う者がある。

正寔は僅かに身を捻って相手が人であることを確認し、確認すると同時に跳躍し、跳躍しざま大上段に構えた刀を、ほぼ無意識に振り下ろしていた。

「ゴゲェ」

頸動脈を両断された男は、そのとき夥しい血飛沫をあげるとともに、低い呻きを漏らしてその場に倒れた。

「殿ッ」

さすがに血相を変えて戻ってきた新八郎に、

「一人ではなかったぞ」

正寔は一言だけ、苦情を述べた。

「申し訳ございませぬ」

新八郎は項垂れ、素直に詫びた。

それから少し首を傾げつつ、

「こやつら……」

なにか考え込む様子である。

「どうした、新八？」

「こやつら、半年前、田沼様のお屋敷を襲った者たちの仲間ではないかと――」

「なに」

容易ならぬ新八郎の言葉に、正寔の酔いも瞬時に醒めた。

「それは、まことか？」

「手筋が、あのときの者共と似ているように思われます」

「…………」

記憶を辿ろうとして、だが正寔はすぐにそれを諦めた。

（もし新八郎の言うとおりだとすれば……）

今夜正寔を襲わせた者の黒幕は、半年前の黒幕と同一人、ということになる。

足下に転がる刺客の死骸へ視線を落としながら、正寔は喩(たと)えようもない息苦しさに襲われた。松平定信から、田沼意次の隠し金のことを問い詰められたばかりである。

刺客を遣わしたのが定信その人だと考えるのが最も自然であった。だが、

（それだけはない、と思いたいところだな）

苦悶の表情を浮かべる刺客の死骸から目を逸らした。黒装束の頭巾が解(ほど)けてそこから覗く青白い顔は、まだ年若いように見えた。

第二話　龍の宝

一

「どうやら、主人（あるじ）の命を狙っている者がおるようなのです」

思いつめた様子で、そのとき潮田内膳は切り出した。

「まさか」

だが、その潮田の言葉を、正寔は頭から疑った。

潮田の主人とは、当時謹慎の身にあった、先の老中・田沼意次にほかならないが、だとしたら、あり得ない話だからである。

権勢衰えたりとはいえ、未だ老中の座にあった頃ならばいざ知らず、老中の地位も私財もすべてを失い、最早（もはや）なんの政治的意味ももたぬ哀れな老人の命を、一体何処の誰がつけ狙うというのか。

無論意次も全盛時には、人の恨みを買うような非道を、一度や二度はおこなったことがあったかもしれない。権力者である以上、仕方のないことだ。

だが、個人的な遺恨でつけ狙うような輩ならば、屋敷の警護の者でも充分に凌げよう。そもそも、謹慎しているからといって、屋敷内に一人の守護者もいないわけではないのだ。寧ろ、意次が謹慎の身の上であるからは、彼を見張るために幕府から遣わされた者がいる。

意次が勝手に自死したり、何者とも知れぬ賊によって命を奪われたりすれば、謹慎させている幕府の沽券に関わる。

それ故、幕府から派遣された警護の者が、四六時中目を光らせている。警備上は何の問題もない筈だった。

正寔が、やんわりとそういう意味のことを言うと、

「それが、実はそうでもないのでございます、柘植様」

文字どおり、苦虫を嚙み潰したような渋面で、潮田内膳は言い返してきた。

「つい先日も、夜半賊が忍び入りまして、たまたま警護の交替時刻であったのか、あたりに見張る者はおらず、殿の寝所近くまで侵入されたのでございます」

「まさか」

正寔はなお疑った。だが、

「偶然忍び入りました賊が、運良く警護の交替時刻に当たったと、柘植様はお思いになりますか？」

と問われると、さすがに、「思う」とは言いかねた。

「何者かが周到に計画を立て、警備の交替時刻を調べあげた上で、押し入ったのでございます」

という内膳の言葉に、正寔は無言で同意するしかなかった。

物事が都合良く運ぼうとするのを偶然だと信じきれるほどのお気楽さは、正寔にはない。

「とはいえ、大事にはいたらなかったのでござろう？」

内膳の言葉に同意しつつも、なお窺うように正寔は問い返した。

「幸い、宿直（とのい）の者が討ち果たしましてござりまする」

「左様か」

一旦は頷いたあとで、

「だが、一体何処の誰が、田沼様のお命を縮めまいらせようと企むというのか？」

遠慮がちに正寔は問うた。

さすがに、

「落魄した田沼様のお命をわざわざ縮めまいらせようなどという物好きは、何処の誰だ？」

とは言えない。

だが、そう思っている正寔の心中は、内膳の目にも、ありありと見てとれたのであろう。

「実は、これはまだ内々のお話なのですが、我が主人の謹慎は、年内にも解かれることになっております」

「なに」

低く声をおとして内膳が告げた言葉に、正寔は少なからず動揺する。

この数日前、正寔が卓袱（しっぽく）料理を差し入れた際、意次は一言もそのことに触れなかった。触れなかったということは即ち、正寔が意次から信頼されていない証拠である。

だが、

（それもそうだな）

正寔は自らに言い聞かす。

そもそも意次の政敵といってよい松平定信と密かに誼を通じ、なにかと定信の命に従っている。そのことが、既に意次にも知られているとしたら、信頼されないのも当然だった。

(そもそも、異国の料理を差し入れたくらいで、恩返しができたなどと思っていることと自体、思いあがりにほかなるまい)

正寔は激しく己を恥じた。

それから改めて、内膳の言葉を、己の中で咀嚼し直した。

謹慎が解かれたからといって、すぐさま政権への復帰がかなうわけではないだろう。だが、幕府内の要職には、いまなお、多くの田沼派の者がとどまっている。意次が謹慎のままジリ貧に消えてしまえば、彼らも何れは役を追われることになるが、謹慎が解かれるとなれば、話は別だ。田沼派の者たちは総力を結集して、田沼意次の政権復帰を画策するだろう。

逆に、反田沼の者たちは全力でそれを阻もうとする。

「田沼様の謹慎が解かれる件は内々の話ということだが、何故漏れた？　或いは……」

内膳に問いかけつつ、正寔はふと、そのことに思い当たった。

「或いは、それを決めた幕閣側が敢えて漏らしたのではないか？」

「なんと！」

内膳は忽ち目を剝いて正寔を見つめる。

（そうだ。それしか、考えられぬ）

内膳の視線を受けつつ、正寔は確信した。

幕府内には、依然田沼派と反田沼派の二派が存在している。存在している以上、一方が、もう一方を消し去ろうと企むのは、当然のことだ。

家治の死後、反田沼派の素早い画策によって田沼意次は失脚し、謹慎の身となったが、意次の腹心たちは未だ幕閣の中枢にいる。なんの科もない者たちを、ただ偏に田沼派の者だからという理由だけで罷免することは難しい。田沼意次が、謀反か、或いはそれに等しい罪を犯しているのであれば、連座ということでの処断は可能だが。

（それ故に、一時謹慎を解くのだ。田沼様の謹慎が解ければ、未だ老中の職にある田沼派の有力者たちは、「すわこそ！」と立ち上がる。……それが、謹慎を解くと決めた反田沼派の狙いだ。だが……）

正寔はつと、内膳が、訪れるなり発した最初の言葉にたち戻る。

（命を狙う、とはどういうことだ？）

反田沼派の狙いが、意次の謹慎を解くことで、宙ぶらりんな状態にある田沼派の要人たちを結束させ、謀反の連座に追い込むことにあるのだとしたら、肝心の意次を殺してしまっては元も子もない。となると、意次の命を狙っているのは、反田沼派の者ではない、ということになるではないか。

そうなると、内膳が告げに来た内容と、その裏にある謀とが、全く嚙み合っていないことになる。もし本当に、いま田沼意次の命を狙う者があるとすれば、それは、反田沼派の者ではなく、或いは己の役職に恋々と固執したい、田沼派の者である可能性も、ないとはいえない。

「柘植様」

正寔の心中に萌した疑念を知ってか知らずか、内膳は再び声を低めた。

「実は、これは、あまり大きな声では申せぬことなのですが――」

勿体ぶった潮田内膳の言葉を、根気よく正寔は待った。

「殿の隠し財産のことが、どうやら外に漏れたらしいのでござる」

「隠し財産？」

少しく眉を顰めつつ、正寔は問い返す。

「田沼様には、幕府に召し上げられたものの他にも、隠し財産がおありなのか？」

「その隠し財産を、密かに狙う輩がおるようでして……」

だが正寔の問いには応えず、潮田は独りごちるように言葉を継いだ。

「そのため、屋敷に忍び入る者が絶えないのでございます」

「………」

正寔はしばし言葉を呑んだ。

正直いって、混乱していた。

「潮田殿」

自ら気を静めるべく、正寔は殊更低い声音で問うた。

「斯様なものが、本当に存在するのでござるか？」

「………」

「もし、斯様なものが存在するとすれば、ご公儀も黙ってはおりますまい」

「いや、その……本当にあるのか、と言われると、申し訳ないのだが、実は、そんなものはないのでござるよ」

正寔に鋭く詰問されて、潮田は明らかに狼狽した。狼狽しながら、しどろもどろに返答する。おそらくは、そのようなていを装っているのだろう。

だが、その程度の猿芝居に騙される正寔ではない。

「ならば何故、ありもしないものを狙う者がおるのです？　ましてや、田沼様のお命を狙うなどと――」

「いや、げに噂とは恐ろしいものでございます。どうやら噂が、勝手に一人歩きしてしまったようでして……」

すっかり恐縮したていで潮田は言うが、正寔の疑念は弥増(いやま)すばかりであった。

幕府は、意次に謹慎を命じる際、大坂の蔵屋敷に保管されていた財産と江戸屋敷を没収した。

（いや、あの田沼様のことだ。或いはそういうものがあったとしても不思議はない）

ということには、言われてみれば確かに、頷ける。

田沼意次。

財政家としての彼の手腕を思えば、幕府に内緒の隠し金を蓄えるくらい、容易(たやす)いことかもしれない。少なくとも、彼を知る者たちは皆、それを信じているのかもしれない。

そもそも、潮田内膳ほど主人の信頼篤(あつ)い用人が、わざわざくだらぬ与太話をしに、正寔の許(もと)を訪れるわけがない。

（では、本当に、あるのか？）

正寔の興味はその一点に集中した。

潮田内膳は、謎の多い出生と生い立ちも含めて、信用しきれぬところもある人物だが、本気で主人の身を案じていることは間違いない。

隠し財産とやらの有無を明らかにしないのは気にくわないが、なにか極秘の事情があってのことなのだろう。

（隠し財産のことは兎も角、もし本当に田沼様のお命を狙う者があるとすれば、お守りするのは当然だ）

ともあれ、正寔の意志ははじめから決まっていた。内膳の言葉が信用できようができまいが、助けを求められてそれを蹴るようでは、武士でも男でもない。とりあえずは、意次の身を護ることでしか、その極秘の事情を知る術もなさそうだったし――。

子の刻過ぎ。

最早屋敷の周辺は完全に静まり、咳一つも聞こえない。季節は晩秋――いや、既に初冬と言っても差し支えはないだろう。

辻行灯に凭せた背に、僅かながらも寒気が走った。

（今夜で三日目だが）

寒さに堪えながら、正寔は訝る。

潮田内膳の頼みで、この数日正寔は田沼意次の蟄居する屋敷まわりの警護をおこなっていた。

正寔にとってお馴染みの、神田橋御門内の拝領屋敷は既に召し上げられ、意次は現在、日本橋蛎殻町の下屋敷に逼塞している。

閉門蟄居の状態であるから、当然門は終日閉ざされたままである。先の老中という身分を考慮してか、門前に竹矢来こそ組まれていないが、その門が開かれることはない。

家人たちは、用があるとき、勝手口や脇門から出入りする。閉門中であるため、コソコソとあたりを憚りながらの出入りである。だが、出入りする家人の数も少なく、権門であった往時を知る者にとっては、そういう寂れた屋敷のさまを見ることが忍びない。

もう半年近くも閉めきられたままの表門は、昼間見れば蜘蛛の巣だらけだろう。基本的に来客は禁止だが、閉門中の家を訪れる物好きもいないので、支障はない。

先日正寔が見舞いに訪れた際は、こっそり脇門から出入りした。一応脇門を護る門番もいるにはいるが、あまり緊張感はなく、厠へ行きたいとなれば、交替でもないのに勝手に行ってしまう。

(言っては悪いが、こんな廃れ屋敷を、一体誰が襲うというのだ?)

はじめは夕カをくくっていた。

(誰も襲うわけがない)

思いつつ、屋敷の外をグルリと一周したあとで、正寔は密かに邸内に入った。

築山の傍らに立つ石灯籠の影に身を潜め、あたりの気配を窺う。

邸内警護の者たちも、この時刻になると、勝手に引き上げてしまうようで、あたりには一人の人影も見当たらなかった。

如何に主人が謹慎中とはいえ、ここまで不用心な武家屋敷というのも珍しい。或いは、わざとそうしているのかもしれないが。

(なんということだ)

正寔は忽ち義憤にかられた。

まさか、ここまでひどい有様とは思わなかった。卓袱料理を差し入れたのは昼間であったから、邸内にはまだ多少の人影はあった。殆どが、下働きの小者たちであったが。

だが邸内がシンと寝静まったこの深夜、主君の命を護るべき者が一人もいないとはどういうことだろう。

ざさ……

そのとき、微かに空気の蠢く振動を感じて、正寔は息をひそめた。

侵入者の気配であった。

気配から察するに、普通の武士ではない。足音も消しているし、息遣いも密やかだ。忍びであることは間違いなかった。

(何人だ?)

気配を探りながら、正寔は意次の寝所に向かう。寝所の周辺は新八郎に護らせているから心配ないとはいうものの、どういう奴らが、一体どういう意図で侵入したかは是非とも知っておきたいところだった。

(意外に少ないな)

足音を消して意次の寝所に向かいつつ、正寔は懸命に侵入者の気配を読んだ。

一人、二人……三人から先はどうしても感じとれなかった。ということは、侵入者は三名。仮に正寔が読み誤っていたとしても、誤差はせいぜい一、二名。多く見積もっても、五名ということだ。

五名ならば、新八郎が一人で撃退できる人数ではあるが、とにかく正寔は、意次の寝所へと急いだ。

この下屋敷は、かつて将軍家から拝領した神田橋御門の上屋敷に比べて、遥かに狭い。造りもずっと簡素で、それだけ、賊が侵入し易くもできている。

お庭も、主人の居間である書院に面した中庭の他、寝所や納戸のある最奥に池やら築山やらを設えた奥庭があるだけだ。それ故、正寔が潜んでいた石灯籠から、意次の寝所は、実はすぐ近くである。

正寔が駆けつけたとき、既に新八郎は侵入者の三人までを瞬時に斬り伏せ、最後の一人と相対していた。

(四人だったか)

ひとまず正寔は安堵した。

己の勘働きがさほど鈍っていなかったことに対して、である。となれば、本来の目的を果たしたい。

「新八」

最後の一人と刃を交えている最中の新八郎に、正寔はそっと低声で呼びかけた。

「そやつ、生け捕りにできぬか？」

「御意」

　極めて無感情に新八郎は応じた。

　敵と交えた刃はそのままに、左手をそっと己の背後にまわす。そこに、もうひとふりの忍び刀を仕込んでいるのだ。

　正寔は気配を消し、敵の背後へとまわり込む。敵が思わぬ行動に出たとき、背後から確実に援護するために――。

　ザッ、
　新八郎は一旦刃を撥ね、敵との距離をとった。

　言うまでもないが、相手の腕が互角に近い場合、殺すよりも、生かして捕らえるほうが遥かに困難である。

「命は助ける故、降れ」

　と言われても、唯々諾々と降る者はいない。逆に、躍起になって刃向かってくる。

　そんな厄介な敵を、果たして新八郎がどう料理するか、見物であった。

（近頃のこやつは、六兵衛をも凌ぐほどじゃからのう）

　内心舌を巻きつつ、正寔がそいつの背後にまわったとき、だが、

「ぐぅッ」

そいつは不意に、自らの手にした刃で自らの喉笛を貫いた。

（え？）

正寔は一瞬戦いて呆気にとられたが、新八郎は飛びつくように近寄って、そいつの呼吸を確かめた。

「………」

正寔に向かって無言で首を振ったのは、絶命しています、という意味であったろう。正寔が背後にまわり込んだことの意味を瞬時に察したそいつは、捕られの身になることを怖れ、自ら命を絶ったのだ。

「申し訳ありませぬ」

別に新八郎の過失というわけではないのに、新八郎は気まずげに頭を下げた。

「いや、そちはなにも悪くない。寧ろ、余計なことをしたのは儂のほうじゃ」

「いえ、殿に言われずとも、最後の一人を生かすは、斯様な際の常道にございます。追いつめられた者が自ら命を絶つのも、容易に予想できましたること。……みすみす自害させたるは、それがしの不手際でございます」

「そ、そうか……」

とりつく島もないような新八郎の言い様であった。

その後、正寔も新八郎とともに死骸を探ったが、彼らが何処の誰で、何者に命じられてこの屋敷に侵入したかということについては何一つ知ることができなかった。

できなかった以上、これからも襲撃はあるものと思い、その後もなお数日間、田沼屋敷の警護を続けた。

だが、数日後、用人の潮田から、これ以上の警護は不要である、と告げられた。

(どういうことだ?)

当然正寔は訝ったが、田沼意次の謹慎が解かれたのは、それからまもなくのことである。

(全く、解せぬ)

正寔には納得できなかった。

主人が命を狙われているから、護って欲しい、と言い、護った挙げ句、狙った者が誰かも知れていないのに、もうこれ以上の警護も、敵の探索も必要ないと言う。果たして、潮田は何の目的で、意次の警護を正寔に依頼したのか。一度は依頼しておきながら、何故すぐにそれを撤回したのか。

正寔には全く理解できなかった。

だが、年が明けると、その年賀の席に、謹慎を解かれたばかりの田沼意次が、老中

と殆ど変わらぬ扱いで出席した、ということを、正寔は知った。知ったとき、

(田沼様の隠し金とやら、或いは本当にあるのではないか)

正寔はぼんやり思った。

だが、思っただけで、それ以上、詮索しようとしなかったのは、面倒事を避けたい、という本心が無意識に働いたためだろう。

それが、半年前のことだった。

天明七年の六月現在まで、だが正寔は、そのときのことを、忘れていた。

いや、忘れようと決めたのだ。

二

「昨夜の刺客は、矢張り田沼様のお屋敷を襲った連中と同じ流れの者かと思われます」

翌日になって新八郎が断言したことを、正寔は当然奇異に感じた。

昨夜の彼の口調は、

「手筋が似ているように思われます」

という具合に、極めて遠慮がちであった。自分でも確信が持てなかったのだろう。それが、何故急に確信に満ちた口調になったのか。

「得物が、同じでございました」

不審がる正寔に、だがその疑問を口にさせるまでもなく、新八郎は応えた。

「半年前の賊が所持していた忍び刀と、昨夜の刺客の忍び刀、寸分違わぬ同じものでございました」

「そうか」

正寔は納得したが、同時に、半年前の賊の得物を持ち帰り、今日まで保管していた新八郎の周到さに内心舌を巻いた。

半年前、田沼家の下屋敷に侵入した賊の手筋など、いくら思い出そうとしても思い出せる筈がなかった。正寔自身は、そのとき敵と一合も刃を合わせていないのである。

ただ、新八郎が戦うのを側で見ていただけだ。背後にまわり込んだ正寔から不意に攻撃されることを怖れ、最後の一人は自ら命を絶った。

（あのときは、完全に俺の失態だった。…わざと退路を作って、逃げるように仕向けるべきだったのに……）

実力の伯仲した相手を生け捕りにするなど、本来至難の業なのだ。

だが、二対一ならなんとかなるのではないか、と正寔は考えた。その正寔の判断の誤りが、手がかりを得る術を失わせた。

それは重々承知しているが、半年も前の自らの過失を、こう厳然と目の前に突き付けられてしまうと、正寔はさすがに言葉を失う。

うち拉がれた正寔の心中を慮ったのか、

「或いは、紀州の薬込役なのではないかと思われるのですが」

遠慮がちに新八郎は言い、

「なんだと?」

正寔は忽ち顔色を変えた。

「何故、そう思う?」

「…………」

新八郎は困惑し、しばし答えを躊躇った。

その新八郎の表情をひと目見てしまった瞬間、正寔は己の発した愚問を海よりも深く悔いた。

元々紀州藩お抱えの忍び衆であった薬込役は、八代将軍・吉宗に従って江戸城に入り、彼の身辺を警護する御庭番となった。

彼らは、将軍家の他にも、吉宗の子らの家である御三卿、その縁に繋がる者たちをも守護している。

が、そうではない薬込役——即ち、紀州の田舎で飼い殺しになっている者たちが、生きる術を求めて大勢江戸に入り込んで来ていることは、もとより正寔もよく知っていた。

そういう者たちは、金に目が眩んで何処の誰にでも容易く雇われる。

これまで新八郎は、そうした輩と無数に剣を交えてきていた。直接刃を交えた者の言は絶対である。

（そんなことすら、俺はわからなくなっていた）

正寔は激しく己を恥じた。

それと同時に、

（では、その薬込役を俺にさし向けたのは誰だ？　やはり越中守…いや、ご老中か？）

ということが、当然気になった。

刺客に命を狙われること自体は珍しくないが、このところ、薬込役崩れの者と出会すことが多くなったように思う。

元は紀州家お抱えの忍びである薬込役を、何故正寔の敵たちは容易く雇い入れることができるのだろう。いつぞやのように、紀州藩自体が陰謀の黒幕であるなら話は別だが。

（しかしまあ、伊賀者も同じようなものか。食い詰めた忍びは、己が業を金に換えて生きるよりほかない。薬込役とて、それは同じなのだろう）

六兵衛や新八郎のように主家を持ち、その主人に仕えて生涯を終えることのできる忍びは幸いである。伊賀の里には、無足人と呼ばれる帯刀の農民がごまんと居るが、彼らが江戸に呼ばれて主家に仕える可能性は低い。

武家の台所事情は何処も厳しく、余計な家臣を抱える余裕はないのだ。

（幸い当家は、絹栄がやりくり上手なおかげで、まだ多少の余裕がある。一人でも多く、伊賀の者を召し抱えてやろう）

正寔は思った。

腕のよい忍びが増えれば、彼の身の安全もそれだけ保障されることになる。

（さすれば、六兵衛をそろそろ隠居させてやることもできようし）

もし六兵衛本人が聞けば、

「要らざる斟酌！　この六兵衛、まだまだ隠居する歳ではござらぬッ」

と息巻くであろうことは想像に難くなかったが。

その日の午後。

ちょうど昼餉を終えてのんびり昼寝でもしようと寛いでいたところへ、定信の用人・茂光が訪れた。

(そろそろ来る頃だとは思っていたが……)

正寔が非番で、在宅であることを承知しているところが、いつもながら心憎い。

書院で対面すると、正寔が座に就くなり、

「申し訳ございませんッ」

茂光はその場に両手をついて平伏した。

「先日は、大変ご無礼仕りましたッ」

「あいや、茂光殿」

正寔は慌てて呼びかけた。

「あの折は、それがしも言葉が過ぎ申した。どうか、頭をおあげくだされ」

「…………」

「茂光殿?」

首を竦めた亀の如く、平伏したきりじっと身動ぎしない茂光を、正寔は恐る恐る見つめているしかない。

「………………」

どうやら、声を殺して忍び泣いているのだということに気づくまで、しばしの時を要した。気づくと、

(困った男だ)

正寔は困惑した。

日頃は、能面のように無表情で、己の感情など、自分でも知らぬうちに何処かへ置き忘れてきたかのような冷静な人間なのに、こと、賢丸様のこととなると、忽ち人が違ったようになる。実の親かと錯覚するほど甚だしい愛情を迸らせ、賢丸様を傷つける者に、全身全霊の敵愾心を向ける。

(元は薬込役だったというが、これほど感情的な男に、よく忍びの役目が務まったものよ)

内心呆れつつ、

「顔をおあげくだされ、茂光殿。それでは話ができますまい」

茂光の歔欷がやむのを根気よく待って、正寔は再び声をかけた。

折角の休日、自分と同じ年格好の男の啜り泣きを聞かされて終わりたくはない。

「柘植様」

正寔の呼びかけに、茂光は弾かれたように顔をあげた。

「………」

だが、泣き腫らした目を伏せ、茂光はなお言葉を躊躇っている。

「それで、ご老中のご用とは、なんでござろうか、茂光殿？」

最早堪えきれず、単刀直入に正寔は問うた。

そのとき茂光はやや目をあげ、はじめて正寔の顔を見た。

（そうだ。この男こそ、元々薬込役ではないか）

正寔が改めて思うのと、

「実は、柘植様――」

茂光が漸く口を開くのとが、ほぼ同じ瞬間のことだった。その、隙のない古武士のような茂光の視線を正面から受け止めつつ、正寔はじっと彼の言葉を待った。

「実は、これは先日、柘植様をお屋敷へお呼びした際、殿の口から柘植様にお伝えする筈だったのですが、なにぶん、あの日はあんなことになってしまいましたので

「……」

と気まずげに切り出した茂光は、なお正寔に気を使ってか、なかなか本題を口にしなかった。

「いや、どうか、もうそのことはお気になさらず。……あの折は、それがしも本当に申し訳ないことをいたしました」

（おい、いつまでこのやりとりを繰り返せば、本題に入ってくれるんだ、茂光ッ？）

心の中でだけ叫びつつ、正寔はなお根気よくそのときを待つ。

薬込役あがりで、元々定信の身辺警護をしていた茂光は、用人に取り立ててもらった恩義から、主人を神の如く崇めるとともに、まるで実の子に注ぐかのような愛情を、定信に対していだいている。それ故、定信をないがしろにするかのような言動に対しては殊更過敏に反応する。

それを充分承知していながら、正寔は、茂光の耳に入るほどの大声で、定信に対して無礼な発言をした。そのことを、いまは死ぬほど後悔していた。

「実は、殿がご老中となられてから、幕閣の要人が何人か謎の死を遂げております」

ほどなく茂光が告げたのは、容易ならぬ案件であったが、正寔は特になんの感慨もなく聞き流した。

一つには、本題に行き着くまで、あまりに待たされすぎた、ということもある。

「それで？」

正寔は短く問い返した。

打ちこわし騒ぎがどうにか落ち着いたとはいえ、依然世情は不安定である。目付や吟味方の職にある者たちが、このところ立て続けに命を落としているということは、城中の噂話などでも小耳にはさんでいる。

「おそらく、何者かによって殺されているのでございます。明らかに、暗殺でございます」

「どのような方々が暗殺されたのです？」

「先ず、奏者番の稲葉大和様。この御方は、田沼殿の息のかかった者ばかりの奏者番の中でも比較的中立の立場であられたため、我が殿は早くから目をつけられて、誼を通じておられたのです。…それに、殿のご実家である田安家の付け家老・秋月図書殿も、先月末に不慮の死を遂げておられます」

「田安家は、越中守…いや、ご老中とそのお兄君が養子に出されてから今日まで、ご当主不在なのでは？」

「ご当主は不在でも、ご家老はおられます。お取り潰しになったわけではございませぬ故」

「なるほど」

正寔は一応納得したが、奏者番と御三卿の家老が暗殺されたという件については、容易に納得がいかなかった。

たとえば、意次の嫡子・意知のように、白昼衆目の中で殺されたのであれば最早誤魔化しようもないが、武家にとって、何者かの手によって暗殺されたというのは、途轍もない不名誉である。そもそも、名こそ惜しむのが武士だ。それ故、不名誉な事実は極力隠そうとするものだ。

大名小名家の当主が、微行先の吉原の遊女の許で腹上死。或いは、旗本の当主が市井の破落戸と喧嘩して命を落とすなど、明らかに不名誉となる変死を遂げた場合、大抵は病死との届け出が出される。

然るに定信は、一体何の根拠があって、彼らが何者かによって暗殺された、と考えるのか。

正寔の疑問は、だが、

「柘植様も、昨夜狙われたのでございましょう？」

そのとき茂光の発した鋭い問いによって、瞬時に氷解した。

正寔はしばし無言で茂光を見返した。

正寔が刺客に襲われたのはつい昨日のことだ。ところが茂光は、既にその事実を知っている。

知っている、という事実を隠そうともしないのは、疚しいことがない証拠なのかもしれないが、普通に考えれば、彼の主人である定信こそが、刺客を放った張本人だからとも言える。いや、寧ろそう考えるのが自然である。

然るに、

「我が殿が、ご老中の職に就かれてからというもの、何故か、殿が親しくされていた方々が、命を落とされているのでござる」

と真顔で述べる茂光の心底をこそ、正寔は疑った。

主人を思うあまり、事実すらねじ曲げることはおおいにあり得るのだ、この男の場合。

「おかしいとは思われませぬか、柘植様？」

更に問われて、正寔は閉口した。

（おかしいのは、その言い草のほうではないか）

「柘植様？」

応えぬ正寔を、当然茂光は訝った。

「よもや柘植様は、昨夜の刺客を、我が殿の仕業と思うておられるのではありませぬか？」

「…………」

「矢張り、そうでござったか」

茂光の顔色が忽ち険しく変化する。

「とんでもない誤解でございまするぞ、柘植様。我が殿が、何故そのような真似をすると思われまする」

「では、茂光殿は、何故昨夜それがしが刺客に襲われたことをご存知なのであろうか？」

遂に堪えきれず、正寔は問い返した。

「…………」

茂光には、正寔の問いの意味が咄嗟に理解できなかったのだろう。たったいままで口の中で咀嚼していた料理が突然不味いものに変わったような顔つきで、しばし言葉を呑み込んでいたが、

「何故というて……事実ではござらぬか？」

定信の命により、正寔を監視させている――或いは、茂光自身が監視することについて、なんの罪悪感も感じていない茂光には、正寔の問いの意味も彼の気持ちも、全く理解できないようだった。

「確かに、ご加勢しなかったのは申し訳ないが、新八郎殿の腕前はお見事で、瞬く間に片付けてしまわれたので……いや、柘植様も、さすがのお腕前であられました。……それがしの出る幕など、全くございませなんだ」

「…………」

一瞬間絶句してから、

「昨夜、それがしを監視…いや、見張っておられたのは茂光殿か？」

甚だ呆れ顔をして正寔は訊ねたが、

「如何にも」

少しも悪びれず、茂光は頷いた。

（無駄だ、何を言っても――）

正寔は更に呆れたが、悪気がないことだけは充分理解できたので、それ以上の詰問は諦めた。

「それで、ご老中はそれがしに、密かに刺客を送ってご老中の側近を亡き者にした黒幕の正体を突き止めよ、との仰せでござるか？」

「お聞き入れいただけまするか？」

「新八郎が申すには、昨夜の刺客、薬込役の者たちではないか、と。……茂光殿は、どう思われる？」

「それがしは、警護のお役を離れて久しいので、なんとも申せませぬが、新八郎殿がそう言われるのでしたら、或いはそうかもしれませぬな」

首を傾げつつ茂光は言い、少しく考え込む様子を見せる。

「なれば、黒幕は、井伊殿とは考えられませぬか？　井伊殿は、かねてより、薬込役衆を己が手足の如く使ってござる」

大老の井伊直幸は、かつて、ときの権力者であった田沼意次に最も近しい存在を装いながら、影でこっそり意次を裏切り、ありとあらゆる権謀を用いて大老という地位を得た。

幕府の最高職である大老に、だが実際にはさほどの実権がないと知るや、次世代の権力者候補である定信や、定信の意を請けて直幸の邪魔をした正寔に罠を仕掛け、亡き者にせんと企んだ執拗な策謀家である。

昨夜の刺客が、薬込役なのではないかと、新八郎から知らされたとき、正寔は当然井伊を疑った。井伊がこれまでしてきたことを承知していながら、全く疑いもしていないとしたら、松平定信とは、なんと愚かな人間であることか。

「井伊殿は、今月中に大老職を辞することが決まっております」

「辞職を促したのは、ご老中でござろう？　されば、恨みに思うのは同然ではあるまいか」

「…………」

困惑の果てに、茂光は沈黙した。

「もし、此度（こたび）の黒幕も井伊殿であるならば、辞職ですますなど、生ぬるい。最低でも、隠居、できれば減封の上、蟄居願いたいところですな。ご老中なれば、それくらいの仕置きは可能でござろう」

語気強く、正寔は主張した。

茂光は茫然と正寔を見返したきり、言葉を失っていた。大老ほどの身分の者の進退を口にするのは、さすがに憚られるのだろう。茂光には、定信の側近として、己が、どれほど彼の役にたっているか、という自覚がない。そのため、つい自らを卑下し、低く見る傾向がある。

それは、先日上屋敷での一件で、正寔にもはっきりわかった。

それ故、これ以上は彼と話しても無駄であると、正寔は判断した。

「井伊殿のことを、ご老中がどう思われているのか、せめてそれだけでもお聞かせ願えまいか、茂光殿」

懇願する口調で正寔が述べると、最早茂光には、自ら述べるべき言葉はないようだった。

「急ぎ立ち帰り、主人に伺ってまいります」

いまにも腰を上げて辞去しそうな茂光を、

「なれば、いま一つ、伺っていただけるか？」

正寔は呼び止めた。

上げかけた腰を再び据え直し、茂光は正寔を無言で見返す。

「田沼殿の隠し財産の件は、もうよいのでござろうか？」

「…………」

「それがしが、田沼殿の隠し財産を託され、何処かに隠したといまもお疑いなら、そのような者に、ご用を申しつけられるのは、ご老中の本意ではございますまい」

「つ、柘植様……」

いまにも泣きそうな顔で、茂光はその場に両手をついた。

「急ぎ立ち帰り、殿に伺ってまいります故、どうか、お心を鎮めてお待ちいただけまするか」

「もとより、この正寔、ご老中のお疑いが晴れましたなら、歓んで、ご老中の仰せのままに働きまする」

　茂光の言葉を承け、正寔も些か、芝居がかった台詞を述べた。

　正寔の言葉に応じて再び腰を浮かせた茂光が、

「それでは、いましばしお待ちくだされ。急ぎ戻ってまいります故——」

　一礼して出て行こうとしたとき、

「失礼いたします。よろしゅうございますか？」

　襖の外に人の立つ気配がし、絹栄が遠慮がちに呼びかけてきた。

（なんと、間の悪い——）

　正寔は内心舌打ちしたし、茂光は当然戸惑った。

「七ツを過ぎました故、そろそろ酒など召しあがってもよい頃かと存じまして……」

　襖が開かれ、酒肴の膳を整えてきた絹栄が、一旦傍らに置いたその膳を、直ちに室内へ運び入れようとする。

「すまぬ、絹栄、お客様は一旦お帰りだ」

「は？　一旦、とは？」

「ちと、急なご用を思い出されてな。ご用を済ませて、いま一度戻って来られる故、その酒、そのとき温め直してもらえるか？」

「まあ、そういうことでございますか」

絹栄は忽ち了解し、

「でしたら、肴もそのとき作り直してまいります」

膳を持ってそのまま下がった。

「奥方様に、申し訳ないことを……」

恐縮してしばしその場に固まる茂光に、

「大事ありませぬ。早く行ってくだされ」

正寔は懇願した。

「そして、必ず、戻ってきてくだされ。愚妻は、ただ客人を己の料理にてもてなすことをのみ生き甲斐にしているような女でして、折角作った料理が無駄になることを、なによりも悲しみまする故」

「か、必ず戻ってまいりまする」

言い残して、茂光は一旦去った。

それから一刻と待たず、茂光は柘植邸に戻ってきた。

「先ほどは、それがしの言葉が足らず、失礼仕った……」

「いやいや、ご苦労でござった。まずは、一献――」

ほどよく温（ぬく）んだ酒で茂光の労を労（ねぎら）いながら、

(矢張り、老中とは直接話さねば埒（らち）があかぬな)

正寔は内心閉口していた。

三

井伊直幸黒幕説に対する定信の返答は、こうだった。

確かに、薬込役が関わっているらしいと聞き、定信も、はじめは井伊直幸を疑った。

だが、定信の老中就任が困難を極めていた際、御三家の要望を受け、最終的に推薦状を書いたのは大老職にあった井伊直幸であった。田沼意次の息がかかった幕閣側は、定信の妹・種姫（たねひめ）がかつて先代将軍・家治公の養女となっていたことまで引き合いに出して、これを拒絶しようとした。

九代家重の時代に、将軍に身近な親類は幕府の要職には就任できないとの内規が定められており、それが、田沼派にとっての最後の砦でもあった。結局、激しい打ちこわしが発生したために、その責を問われて田沼派は急速に力を失ったが、元々田沼寄りと思われていた井伊直幸が、最終的に定信を擁立する側にまわったのは事実である。

そもそも、大老の位を購う資金調達のための抜け荷にはじまり、田沼家の嫡男・意知暗殺教唆など、数々の策謀の尻尾を、定信に握られてしまった直幸は、近く、辞任することが決まっている。定信の老中擁立に賛意を表明したのは、せめてそうすることで、今後井伊家が、定信を中心とした幕府の政権から、圧力をかけられぬように、との配慮である、と定信は判断した。

家治薨去の直後、義兄で、越後与板藩・藩主の井伊直朗とともに、大奥を巻き込んで権力を我が手中にせんと目論んだが、あえなく潰えた。その後も、定信や、彼のために密かに働く正寔に意趣返しせんとあれこれ企んだようだが、すべて未然に禦がれた。

甚だ往生際の悪かった直幸も、今度こそ諦めた筈だ。下手に足掻いて、最悪、御家断絶の憂き目を見るよりは、ここで定信に恩を売っておくほうが得策と考えたのだ、と定信は断言した。

(貴方様に対しては、そうでしょう。されど、貴方様の走狗にすぎぬ私や、貴方様に近い者たちは別ですぞ)

正寔は思った。

定信に阻まれて政権の頂点に立つことを諦めた直幸が、その憂さ晴らしに、憎い定信の近臣たちを殺そうと目論んでも別に不思議はない。そこに思いが及ばぬ時点で、

(所詮、育ちのよい若君だな)

と、正寔は判断した。

人の心の裏側に潜む闇というものを、見落としている。いや、おそらくは、到底思い及ばないのだろう。

定信の怜悧さは、人より多くの書物を読み、そこから多くの思索にふけったが故に得た賢さであった。御三卿の一つ、田安家の若君として生まれ、その後久松松平家に養子に出されたとはいえ、身分は陸奥白河藩の藩主である。辛く悲しい経験など、何一つ味わっていよう筈もない。

実体験から得たわけでもない書物による知恵は、実はさほどの役にもたたないということを、五十有余年生きてきて、正寔はいやというほど思い知っていた。

(まあ、貴方様にとっては、己以外の者の命など、眼中にない、ということでしょうな)

もし正寔が定信の立場であったなら、己のために命懸けで働いてくれた者の身の安全は第一に考えるだろう。

そのために必要とあれば、大老の地位にある者でも断固処断する。辞任すればそれで済むなど、彼がこれまでおこなってきたことを思えばあまりにも生ぬるい、と言わざるを得ない。

「故に、此度の黒幕は、井伊ではない」

と言い切る定信の、まるで根拠のない自信に、正寔は正直辟易(へきえき)した。

(権力の座に就いた御方とは、最早これまでかもしれぬな)

深い溜息とともに、正寔は思った。

田沼意次から取り上げた相良城を、幕府は徹底的に破壊し尽くし、そこに秘蔵されていた金品と穀物を、すっかり押収した。

だが、定信は、それでも納得しなかったようだ。

(それ以外にも、まだ隠し財産があると、本気で思っているとはな)

正寔は些か呆れる思いであった。

確かに、隠し財産があれば、財政難の幕府にとっては多少の救いになるかもしれないが、それはあくまで、田沼意次の私有財産である。老中を罷免された以上、扶持を返上するのは当然だし、拝領屋敷や城を没収されるのも致し方のないことだとも思う。だが、私有財産となると話は別だ。どういう手段によって蓄えられたにせよ、彼が個人的に蓄えた金品まで奪おうとするのは権力者側の横暴である。

「しかし、田沼が老中という公職にあった以上、その間に蓄えられたものは、すべて幕府に返納すべきであろう」

というのが定信の理屈かもしれないが、あまりに苛烈すぎはしまいか。

既に意次は、自らの嫡子を喪い、老中の職もかつての権勢も失い、財産や俸禄も粗方失った状態で、蛎殻町の下屋敷に逼塞している。

かつての家臣も、大半は去ったであろうが、それでもなお留まっている者もある。そういう者たちを、主君として食べさせていかねばならぬ責任がある以上、なにもかも根刮ぎ奪うのはあまりに不憫というほかはない。

(さては賢丸、老中就任に手間取ったことを、相当恨みに思っているのであろう)

思いつつ正寔は、蛎殻町の田沼屋敷前をうろうろしていた。

務めのあと、評定所から一旦自邸に立ち帰り、着流しに深めの編み笠という浪人風(ふう)体(てい)を装っている。

この上は、直接意次に問うてみるしかない、と思い立ち、訪れてはみたが、定信の手の者が四六時中見張っているであろうことを思うと、あからさまに訪問するのはさすがに二の足を踏む。この程度の変装で、彼らの目を誤魔化せるとは到底思えないからだ。

いまこの時期、正寔が田沼邸を訪れるのは、火に油を注ぐようなものだということも、勿論承知していた。

(脇門は言うに及ばず、下働きの出入りする勝手口にいたるまで、賢丸の手の者が厳しく目を光らせておることだろう。……となると、夜間密かに忍び入るしかないな)

言わずもがな、伊賀者としての非公式の訪問となる。

既にときは暮六ツ過ぎ。

季節柄日が長いため、未だ暮れかけてもいないが、とうかん堀通りを行き交う人影は極めて少ない。当然だ。田沼家の下屋敷をはじめ、このあたりは武家の下屋敷——それも、大旗本や大名家の下屋敷ばかりが並び立つ一角なのだ。田沼屋敷の向かいは、尾張家(おわりけ)の下屋敷であった。

大抵の武家屋敷は規則が厳しく、日没以降の出入りは禁じられている。故に、未だ戌の刻前とはいえ、路上の人通りはまばらであった。

（忍び入る時刻までには、まだまだときがある。……出直すか）

と考えて、正寔は、尾張殿のお屋敷の前を素通りし、湊橋を渡った。渡った先の永代通りあたりで、気のきいた飲み屋でも探そうと思ったのだ。

「殿」

橋を渡りきったところで、新八郎が追いついてきた。正寔の半歩後ろに音もなく近づいたその息遣いは少しも乱れてはいない。

「困ります、殿。つい先日も刺客に狙われましたばかりだというのに、お一人でお出かけになるなど――」

「すまぬ」

正寔は素直に詫びた。

姿を変え、微行するのに、供は連れぬほうがよいと判断したからだが、それならそれで、少し離れて供をするという方法もあった。正寔が一人で行動し、なにか起こった場合、六兵衛から厳しく叱責されるのは新八郎なのだ。

「田沼様のお屋敷にいらしたのではないのですか？」

「屋敷のまわりは老中の手の者に見張られておる。それ故、深夜こっそり忍び入る」

「大丈夫ですか？」

「馬鹿にするな。これでもまだ忍び働きはできるぞ」

「いえ、そうではなくて、お屋敷の警備の者に見咎められたらなんといたします？」

「以前、あの家の用人は主人の身が心配だからと、この俺に警護を頼んできたのだぞ。どうせいまも、警備の者などろくにおらぬ」

　正寔は断言した。

　謹慎中は、幕府から監視の者がつけられていただろうが、謹慎が解かれたいま、屋敷内には残り少なくなった田沼家の家臣しかいないに違いない。夜が更ければ、皆、寝静まる。

「で、殿は何処へ行かれるのです？」

「ちと小腹が空いた故、その…そこらの縄のれんで腹拵えをな」

「あまりお過ごしになられませぬように」

　少しく眉を顰めて新八郎は言った。酒がめあてということは、残念ながらお見通しであるらしい。

「お前もつきあわぬか、新八？」

「いえ、それがしが酒を呑んでしまっては、いざというとき、殿をお守りできませぬ故」

無感情に言い残して、新八郎は正寔の側から音もなく離れた。離れて見張るつもりなのか、それとも他に用があってのことか。できれば、後者であってほしい、と正寔は願った。確かに、新八郎が見張っていてくれれば、これほど頼もしいことはないが、居酒屋で飲食する姿まで見張られるのは、あまり気持ちのよいものではない。

(どうせ、ろくな警護もおらぬ屋敷だ。少しひっかけてから忍び入るくらいで、ちょうどよいのに。クソ真面目な奴だ)

内心激しく毒づきながら、正寔は永代通りをしばし散策した。

そして、ここと決めた店の縄のれんをくぐる際、全身を緊張させて気配を探ったが、新八郎の気配は微塵も感じとれなかった。

(恐ろしい奴だ)

感じとれないのは、正寔の感覚が鈍っているせいだ。気配は感じとれずとも、新八郎が自分のすぐ近くにいるであろうことは充分に認識できた。わざわざ屋敷から正寔を追ってきて、ここで見放すわけがなかった。

四

一刻か、或いは一刻半か。

いぶせき佇まいと裏腹、意外や豆腐料理を売りにしている居酒屋で、刮目するほど美味い胡麻豆腐と揚げ田楽を肴に、正寔は、五合ほども呑んだ。

隣に座った博奕打ち風の中年男が人懐こい男で、なにかと話しかけてきて、実に楽しいひとときとなった。楽しかったので、或いはもっと呑んでいるかもしれない。

ともあれ正寔は微酔いの上機嫌で店を出た。

永代通りを、来ただけ戻り、湊橋を渡って、行徳河岸に着く頃には、その程度の酔いはほぼ醒めていることだろう。

（ふん。新八め、なにが、お過ごしになりませんように、だ。……生意気な）

心地よい酔いに身を任せて歩きながら、正寔は思わずにいられない。

近頃新八郎の技は、確かに六兵衛をも凌ぐほどの域に達している。その技に驕っているのかもしれないが、正寔に対する横柄な言動は目に余るものがあった。

（お前などおらずとも、我が身くらい、余裕で守れるわ）

と思った時点で、相当酔いがまわっているのだが、正寔本人は露ほども気づいていない。

やがて橋を渡りきったが、正寔の身に浸透した酔いは、僅かも醒めてはいなかった。

蛎殻町の名の由来は、八代吉宗時代の南町奉行・大岡越前守（おおおかえちぜんのかみ）が、耐火のために牡蠣（かき）の殻を屋根に葺くように奨励したことによる。それ以後、その一帯の家屋の屋根が蛎殻で葺かれるようになり、実際の火災も格段に減った。

（されば、田沼様のお屋敷の屋根も、蛎殻で葺かれているのであろうかのう？）

だらしなく懐手（ふところで）をして、ぼんやり思ったときだった。

「シャアーアッ」

そこからほど遠からぬ場所で、叫び声とも、刀が鞘走る音ともつかぬ不可解な物音を、正寔は聞いた。

正寔は反射的に身を処した。即ち、音声のしたほうへ、勘を頼りに走り出したのだ。走り出してからはじめて、それが、そもそも彼の目指す田沼屋敷の方角にほかならないと気がついた。

——すわ、田沼屋敷が襲われているのか！

と思うより先に、

(ちッ)

正寔は心中激しく舌打ちした。

何かが起こるのであれば、何故自分が屋敷のすぐ側にいるとき、起こってくれないのだろう。最早若くはない正寔にとって、酒を呑んだ上で急な走りは、ただただ体力を消耗するものでしかない。

それでも懸命に走り、正寔はその音声に肉薄した。

はぎゃッ、

ぐふぅ、

幾つかの、悶絶とも思える悲鳴も聞いた。

(ああ～、もう、誰と誰が斬り合っているのやら……)

やきもきしながら到着した正寔の目には、頭襟錫杖(ときんしゃくじょう)、鈴懸(すずかけ)の上に蘇芳(すおう)色の結袈裟(ゆいげさ)という、お馴染みの修験者風体の男の姿が先ず飛び込んでくる。

修験者は、錫杖だけを唯一の得物に、ジリジリと後退(あとずさ)っていた。

多少武芸の心得はあるのかもしれないが、抜き身の白刃に対して、銅や鉄などの金属が先端部分にしか施されていない錫杖では、明らかに不利である。

それ故修験者は、間合いに入られぬよう、懸命に錫杖を振りまわす。その度に、先端部の輪形に通された六つの遊環が激しく触れてガチャガチャと音をたてた。

夜間の静まった路上では、それもまああの騒音である。正寔は、途中からその錫杖の音に導かれてきたようなものだった。

（一人の修験者を、複数の武士が襲っている。……人数は、五人？……いや、七人はいるか？）

走るのを止めて呼吸を整えながら、正寔は寄せ手の数を探った。既に何人か倒された者もいるようだから、十人近い人数で一人の修験者を襲撃してきたのだ。

大勢で一人を襲うほうが悪なのは、言うまでもない。

（とにかく、あの修験者を助けねば——）

思いつつ、一気に間合いを詰めようとした正寔の耳に、そのとき、

ヅガンッ、

と激しく鋼を弾く音が飛び込んでくる。

武士たちの黒い背が、正寔の視界を阻んでいてよく見えないが、どうやら、武士たちと修験者のあいだに立ち、その修験者の身を護る者があるらしい。それがわかったとき、正寔は足を止め、充分に呼吸を整えてから、

「おのれら、天下の往来で、なにをしておるッ」

黒装束の武士たちを動揺させる目的で、間合いの外から、低く声をかけた。低いが、腹の底にズシリと響くような凄味のある声音であった。

「…………」

武士たちは皆ビクリと肩を震わせ、次の瞬間、揃って正寔のほうを顧みた。

重なり合った黒い背中の囲いが弛んで視界が開けると、彼の前に立ちはだかる者の姿も忽ち飛び込んでくる。

(旅の武士か——)

頭には菅笠、袴の裾には脚絆を巻き、大刀を構えたその手には手甲も装着されている。旅装束に間違いあるまい。

「おのれ、邪魔するかッ」

襲撃側の武士の一人が、正寔めがけて斬りかかってきたのを、余裕をもって躱しざま、

ズォッ、

抜き打ちに放った刀の棟で、激しくそいつの胴を一撃した。相手は、「すぅ……」と息を吐くような微かな音声とともに、忽ちその場に頽れる。絶命したわけではない。激痛のあまり、瞬時に失神したのだろう。打たれた肋は、当然砕けている筈だ。

　武士たちのあいだに忽ち激しい動揺が走り、

「お、おのれッ」

　気を取り直した者が、刃を正寔に向け変える。だが、血気に逸ろうとする者を、

「止せ」

　おそらく彼らの頭目と思われる者が、鋭く止めた。

「し、しかし……」

「邪魔者が、一人ならばまだしも、二人ではな。……しかも、二人とも相当手強い」

　極めて冷静な声音で、頭目は述べた。いやに落ち着き払った声音を聞きながら、

（いやな声だな）

　正寔は思った。

　夜間、大勢でたった一人の命を狙ってきた外道の親玉にしては、些か偉そう過ぎる。できれば、もっと、卑しい感じの声であってほしかった。落ち着き払った殿様のような声音が、正寔にはどうにも許し難かった。だが、

「な、なれど――」

「もう、よいッ」

　なお異議を唱えようとする部下を頭目は一喝し、

「退くぞッ」

有無を言わさぬ口調で一同に下知した。

それからの武士たちの動きは、ものの見事に訓練され、連携のとれたものだった。

予めその役目を負わされていたのか、殿の者が二人、旅装束の武士と正寔の前に立ちはだかって牽制した。

そのあいだに、失神した仲間を二人がかりで担ぎ、見る間にその場を立ち去って行く。

(置き去りにしないのか)

寧ろそのことをこそ、正寔は意外に思った。第一、声もなく失神した者が未だ死んではいないと、何故判断できたのか。

(或いは、死骸の身元から、己らの正体が露見することを怖れたのかもしれん)

思いつつも、正寔には元々彼らを深追いする気はないので、仲間がその場を逃れるまでのあいだ、殿の者が、決死の覚悟で執拗に斬りつけてくるのを、心底鬱陶しく思った。

(なれば、こやつを虜にするか——)

とも考えたが、さすがは殿の任を負うだけのことはあり、そいつはかなりの使い手で、生け捕りにするのは難しそうだった。

（そういやあ、新八の奴は何処に行きおった？　何処か近くから、俺を見張っていたのではないのか？）

であるならば、もうとうにこの場に駆けつけて来てもおかしくないのに、一向にその気配を感じない。

（新八がいれば、或いは生け捕りにできたかもしれぬ）

それを口惜しく思ったが、いないものは仕方ない。

（まあ、いいか）

正寔は諦め、やがてそいつが隙を見て踵（きびす）を返し、もう一人の殿とともに立ち去るのをぼんやり見送った。

死骸すらその場に残すことを許さぬ連中のことだ。万一虜となったときは、一切証拠を残さず自害するよう、厳しく言いつけられているだろう。証拠を残さぬ自害の方法といえば、即ち爆死である。間断なく、激しく斬りつけてくるその者の体から、微かに煙硝（えんしょう）の匂いが漂っていることに、正寔は気づいていた。気づいたときから、爆発の巻き添えにはなりたくないと、無意識に思ってしまったのだろう。

「奴ら、爆薬を身につけておりましたな」

不意に、聞き覚えのある声で馴れ馴れしく話しかけられ、正寔は我に返った。

刀を鞘に納めた旅装束の武士が、菅笠をとりつつ、ゆっくりと正寔の前にやって来る。

（え？）

月は朧。星影も疎らな闇夜ではあったが、その体格、物腰所作を見るに、相手が旧知の人物であることは容易に知れる。

「なにやら物騒な奴らじゃのう、三蔵兄」

「半次郎か？」

その息遣いと声音から、漸く相手を特定できたとき、先に名を呼ばれてしまった。

正寔にはそれが些か悔しかった。

「おう、如何にも半次郎じゃ」

屈託もなく、半次郎こと、林友直は破顔した。

「お、お前、地元に腰を落ち着けて、著作に耽っていたのではないのか？」

「いや、腰を落ち着け過ぎて、田舎に飽きちまってなぁ。ちょっとばかり、江戸の風にあたりたくなったのよ」

「…………」

「だいたい、著作ならどこにいてもできるしな。…いや、長年馴染んだ江戸のほうが、ずっと筆もすすみそうな気がしてさ」

林友直は、少しも悪びれることなく言う。

「江戸の騒ぎは聞いてたけどよう、実際ひでえもんだな」

その口調と裏腹、友直の表情は底無しに明るい。

「言うておくが、いまの奴らは、近頃江戸を騒がしておった打ちこわしの連中とはなんの関わりもないぞ」

「わかってるよ。あいつら、歴とした侍だったからな。…打ちこわしの首謀者は、大半が食い詰めた町人だろ」

「だが、歴とした侍でも、打ちこわしに参加している者もおる。俄には信じられぬかもしれぬが」

「いや、侍ったって、みんながみんな、兄貴みてえに志が高ぇわけじゃねぇ。そんなこたぁ、わかってるよ」

訳知り顔に友直は言い、人懐こい子犬のような目で、正寔を見返してきた。

歳は正寔より三つ年下だが、それでももう五十目前だ。その実年齢を少しも感じさせぬ、実に若々しい笑顔であった。

（こやつ、出会った頃から、少しも変わらぬな）

そのことに多少の衝撃を受けつつ、

「そうか」

辛うじて正寔は応え、ふと、自分たちが助けた修験者のほうを顧みた。

修験者のほうも、当然正寔を見返してくる。

（…………）

「…………」

互いに、しばし絶句した。

修験者の姿に身を窶すため、髷を解いて蓬髪にしていたせいで、彼が何者なのかを判別するのに、正寔は些かのときを要した。

（潮田内膳！）

そして漸く判明したとき、とりあえず、声には出さず、心の中でだけ驚いた。何処で誰が聞いているかわからぬ往来で、その名を口にしないだけの分別は、正寔にもある。たとえ、心地よい酔いがその全身にまわってしまっているときであったとしても

——。

五

正寔と友直が刺客から救ったその修験者は、田沼家の用人・潮田内膳にほかならなかった。

「いや、その、これは、なんというか、その……」

ただただ狼狽するばかりの内膳を、友直とともに、蛎殻町からもほど遠からぬ本所三軒町(さんげんちょう)の自邸へと、正寔は誘(いざな)った。

内膳の扮装を見たときから——いや、その修験者が内膳だとわかったときから、とにかく彼を人目につかぬ場所へ移動させるべきだと考えた。

三人が屋敷に到着し、座敷に腰を落ち着ける頃、新八郎もまた何処からか戻ってきて、正寔の居間に面した庭に控える。

気配に気づき、障子を開いてその姿を一瞥したとき、

(そうか。奴らのあとを追っていったのか)

ということに、正寔も漸く気づいた。気づくと忽ち、彼の怜悧さに舌を巻く。

「それで、奴ら、何処へ逃げ込みおった？」

「それが……」

だが新八郎は珍しく困惑顔になり、少しく口ごもってから、

「向島の…おそらく、商人の持ち物と思われる寮のようなところでして、何分夜間にて、持ち主を知る術もありませんでしたのでたち戻りました。明日にでも、調べてまいります」

極めて遺憾な口調で答える。

「そうか。頼む」

新八郎の心中を充分に慮り、正寔は短く応じた。

(商家の寮か)

主人――或いは雇い主の正体を容易に探らせぬために配慮された潜伏先であることは言うまでもなかった。

(なかなかに手強い相手かもしれんな)

改めて思いながら、

「そちもあがって休息するがよいぞ、新八」

と、濡れ縁の前に控えたままの新八郎に命じる。新八郎は言われるまま草履を脱いで部屋にあがるが、部屋隅に控えたきり、まるで存在しないものの如く、その場でひ

っそりと気配を消した。

わざわざ正寔が部屋に入れと命じたのは、なにか目的があってのことだろうが、表の身分は、あくまで正寔の中間・若党である。それ故、主人の客である潮田と友直のことを憚って気配を消す。見事なまでの伊賀者の配慮であった。

正寔は座に戻ると、

「潮田殿も、まずは、ゆるりとお寛ぎくだされ」

言いつつ、出された酒を呑むよう促す。その上で、

「言いにくいことを、無理に聞き出そうとは思わぬ故、ご安心なされ」

これまで何一つ語ろうとしなかった潮田に向かって、問い質すような言葉は一切吐かない。

「ともあれ、ご無事でよかったのう」

感慨深げに言いながら、正寔は自ら盃をとり、手酌で注ぐ。

「半次郎も、呑め」

友直は、もとより言われずとも、黙ってグイグイ呑んでいるが、正寔に差しかけられる酒器の酒を、

「おお、忝ない、三蔵兄」

嬉々として盃に承(う)ける。

「しかし、お前とはよくよく縁が深いのう、半次郎。……確か、以前もそんな話をしたが」

「ああ、あのときも、江戸に戻るなり、兄貴の危難に出会(でくわ)したのだったな」

「今宵は俺の危難ではないぞ」

「そうだったっけか？……まあ、いいじゃねえか、誰の危難でもよう。こうやって、再会してるんだから」

「危難に遭われた御仁も、こうしてご無事でおられるしな」

「そのとおりだ！」

「はっはっはっ……」

「うぁはははは……」

正寔と友直はともに笑い合い、盃を傾け合った。

その様子を見せつけられているうちに、さすがに居たたまれない気持ちになったのだろう。

「も、申し訳ございませんッ」

潮田内膳は不意に声をあげ、それから深く項垂れた。

「先ほどは、危ないところをお救いいただき、本当にありがとうございました。…本来ならば、真っ先にお礼を申し上げるべきところ、いまのいままで忘れ果てているとは、我ながら、情けのうて……」

「潮田殿」

交々と言い募る内膳のその言葉を制するように、正寔は強く呼びかけた。

「よいから、酒を呑まれよ」

「は、はい……」

内膳は顔をあげ、漸く己の前に置かれた膳から朱塗りの盃を取り上げた。間髪をおかず、正寔はそこへ酒を注ぎ込む。内膳は素直にそれを空けた。

しかる後、感極まったのか、

「く、くれぐれも、柘植様を巻き込まぬようにと、主から言いつけられておりましたに、面目次第もございませぬッ」

潮田内膳は震え声を張りあげた。

（何を言いやがる）

だが正寔は心中毒づいている。

（そもそも、巻き込みたくない相手に、警護してくれと言ってくるか？　はじめから、

こうなることを予想してやがったんだろう)

沸々と心に沸き起こる声を辛うじて抑え込みつつ、

「それで、潮田殿は、これからどうするおつもりでござる?」

抑えた声音で問いかけた。

潮田は応えず、しばしの時が流れた。

無為な時間が過ぎゆくほどに、正寔は次第に腹が立ってくる。

そもそも、総(すべ)て、ことのはじまりはこの男ではなかったか。その腹立ちが伝わったものか。

「実は――」

と恐る恐る断りを入れながら、内膳は、己の――もとより、修験者の扮装のままであるから、白っぽい鈴懸(法衣)の懐から、紫の袱紗(ふくさ)に包まれたものを取り出した。

「それがしの務めは、これを、田沼家の菩提寺である紀州の報恩寺(ほうおんじ)に納めることなのでございます」

解(ほど)けた袱紗の中から現れたのは、十二~三寸あまりの、小さな黄金の仏像だった。

「ほう……」

正寔はじっと仏像に見入った。本物の黄金であることは、色を見ればわかる。

田沼意次の父・意行は、元々紀州藩の足軽の子で、部屋住み時代の吉宗に仕え、彼が紀州藩主となった際には奥小姓となり、将軍に就任すれば側近として江戸城に入った。江戸で旗本に列した享保四年に意次が生まれた。故に意次自身は生粋の江戸っ子だが、そもそも紀州藩士であった田沼家の菩提寺は、いまでも紀州にあって当然だ。

「何故に、仏像を寄進される？」

「我が殿が仰せられるには、老中の座を追われ、最早この国をどうにもできぬいま、せめて、菩提寺に仏像を寄進することで、この先の民の安寧を願いたい、と——ところが、出立しようとした矢先、あの者どもに襲われてしまいまして……」

「なるほど、そういうわけでござったか」

なるべく無感情に応じようとしながらも、正寔の表情はそのとき僅かに反応した。

もとより、内膳の述べる白々しい言葉など、頭から信じてはいない。信じてはいないが、仏像を菩提寺に納めることで、民の安寧を願いたい、というのは、意次の本心に思えてならなかった。

(俺の知っている田沼様とは、確かにそういう御方だ)

それは、確信に近い思いでもあった。

それ故、

「田沼様のお志、なんとしても、かなえていただかねばなりませぬな。……新八」

それまで虚空に向けていた目を、つと部屋隅で気配を消していた新八郎に向け、正寔は言葉を継ぐ。

新八郎は無言で顔をあげる。

「紀州の報恩寺まで、潮田殿をお送りせよ」

「え？」

声には出さぬが、潮田内膳と新八郎はほぼ同時に、全く同じ表情をして正寔を見返してきた。

「ご安心召されい、潮田殿。この新八郎は、我が家中でも随一の使い手、必ずや潮田殿を、無事に紀州までお送りいたそう」

「…………」

内膳はしばし困惑顔で正寔を見返していたが、その有り難い申し出を断れば、即ちまた別の言い訳をひねり出さねばならず、だが、それはこの場においては至難の業だったらしく、

「重ね重ねのお心遣い、心よりお礼申し上げまする」

その場に手をついて平伏した。おそらく、そうやって正寔の視線を逃れるのが、こ

のときの内膳にとっては精一杯であったろう。

（大方、仏像を寺に納めず、持ち逃げしようとでも企んでいたのであろう。……鍍金（ときん）ではなく、中まで正真正銘の純金だとすれば、千金の値打ちはある）

内膳の困惑の理由を、正寔はそのように推測した。

「しかし、それがしが殿のお側を離れてしまっては、誰が殿をお守りするのでございます？」

しばし後、極めて控え目な口調で新八郎が問うてきたが、

「そちが去れば、じきに六兵衛が戻ってこよう。……ひと月ほど、湯治（とうじ）に行かせてくれ、と言ってひまをとったが、あの親爺（おやじ）殿が、ひと月ものあいだ、おとなしく湯につかっていられると思うか？」

正寔は明るく問い返した。

「…………」

新八郎には返す言葉がない。正寔の言うとおりだった。

（そうだ。この機会に、伊賀から若いのを一人、呼び寄せよう）

正寔の明るい表情の裏には、実はそんな思惑もあったのだが、無論新八郎にそれを知る術（すべ）はない。

第三話　世直し老中

一

　潮田内膳とともに紀州に向かって旅立つまでの短いあいだに、新八郎は己の仕事を見事に完遂していった。

　即ち、その翌日早起きをして——或いは、ひと晩じゅう起きていたのか——内偵に行ったのだ。ほんの寸刻のうちに、先夜内膳を襲った武士たちの隠れ家が誰の持ち物であるかを突き止めて来た。

「所有者は、美濃屋藤兵衛という両替商でした」

「美濃屋？」

「主人の藤兵衛は、元は越後屋の番頭で、十年ほど前に暖簾分けを許され、日本橋高砂町に店を構えて以来、商売のほうは概ね良好なようでございます」

「越後屋の身内か」

日本橋駿河町に店を構える呉服商の越後屋は、三つ児でも知っている江戸随一の豪商だ。天和年間、大火のため駿河町に転居してからは、呉服商だけでなく、両替商にも手を出すようになった。

「店前現銀売」「現銀掛値無」といった画期的商法に加え、反物の切り売りなども積極的におこなったため、富裕層のみならず、大店には縁のない庶民の足をも向けさせることに成功した。

ために、購買層は飛躍的に増大し、越後屋は忽ち江戸一番の大店となった。そんな大店が両替商も兼ねるとなれば、貨幣の流通にも大きく関わることとなる。

故に「越後屋」は、押しも押されもせぬ大店として、江戸の経済を裏で支配しているといってもよく、当主の機嫌一つで、小藩の一つや二つ、簡単にとり潰せるとも言われていた。

越後屋に奉公し、暖簾分けを許されるまでに勤め上げた者は、己の店を持つようになっても大抵成功する。店によっては、独立する奉公人に、同じ家業を許さないという狭量の主人もいるようだが、代々越後屋の主人は違っていた。呉服屋でも両替屋でも、その者が望む商売を許し、そのための後押しもしてくれる。

現在江戸で成功している大店の半分は、越後屋の番頭あがりが経営しているといっても、おそらく過言ではないだろう。

「どんな男だ？」

「え？」

「その、美濃屋の主人・藤兵衛だ」

つい無意識に口走ってしまってから、正寔は漸く、自分を見返す新八郎の視線に気づいた。

（それを、それがしが、調べるのでございますか？　そうすると、潮田殿のお供はせずともよいのでございますか？）

口には出さぬが、新八郎の心の声は正寔には筒抜けであった。それ故、

「あ、いや……そうではない」

正寔は慌てて言い募った。

「いや、そのほうであれば、或いはそのあたりまで調べているのかと思うてな。…いや、いくらなんでも、それは無理じゃったな。……短い時間で、よくそこまで調べてくれた。ご苦労じゃった」

（またか——）

正寔の苦しい言い訳を、冷めた気持ちで新八郎は聞いている。

（一体どこまでこき使えば気がすむのか）

慣れてはいても、使う側の傲慢さが剝き出しになるこの瞬間が、新八郎にはやりきれない。

「理由をつけて出立の刻限を遅らせ、その間に調べてまいりますか？」

言葉と裏腹な新八郎の心中を、果たして正寔は察したか。

「よいのじゃ、新八。あとのことは、儂が自分でなんとかいたす。そのうち、六兵衛も戻ってくるであろうしな」

即座に応えた。

「では、それがしは——」

「うん。予定どおり、潮田殿とともに、紀州に向かってくれ」

「一つ、伺ってもよろしゅうございましょうか？」

新八郎は、そのとき真顔で問うてきた。

「なんだ？」

なにを言い出されるか、内心兢々（きょうきょう）としながら正寔は問い返す。

「道中の途次で、潮田様に不審のご様子があった場合、如何いたしましょう?」

「不審な様子とは?」

「それがしをまいて、お一人にて、何処かへ行かれようとなされる。或いは、それがしに一服盛り、何処かへ行こうとなされる」

「…………」

「そんなときでも、潮田殿のお顔をつぶさぬよう、一服盛られたふりをするべきでしょうか?」

(あ、そうか)

正寔は漸く新八郎の言わんとすることを理解した。

伊賀者は、幼少の頃から少しずつ毒を与えられることで、やがて如何なる毒も効かぬ体に育つ。新八郎の体も、おそらくそうなっている。

潮田内膳は、刺客の目が光っている限りは、新八郎の力を借りるだろう。

だが、新八郎が刺客を尽(ことごと)く斬り伏せてしまえば、最早その存在は邪魔者でしかない。そうなったとき、内膳は、直接新八郎の体に手をかけるのではなく、毒を盛るなどして葬ろうとするだろう。

しかし、新八郎には如何なる毒も効かない。

効かぬとなれば、さすがに焦り、直接手を下そうとするかもしれない。

そのとき、果たして、潮田に手向かいしてもよいかどうかを、新八郎は問うたのだ。

もし正寔が、

「手向かいするな」

と言えば、言われるまま、潮田の手にかかって新八郎は死ぬ。おそらく、そういう風に六兵衛が育てたのだ。心では激しく反駁しながらも、それでも新八郎は、正寔の言葉には服従する。物心ついてから、常にそのように行動するよう厳しく言いつけられてきたが故である。

（人を人とも思わぬ、ひどい教えよのう）

正寔は、そのことにしばし心を痛めた。

しかる後、

「潮田殿に、万一不審な様子が見受けられた場合には、直ちに拘束し、なにを企んでいるか、厳しく問い詰めよ」

「え？」

眉一つ動かさずに言い切った正寔の言葉に、新八郎は驚いた。

「容易に口を割らぬときは少々痛めつけてもかまわぬ。痛めつけて、本意を聞き出せ」

更に声をひそめ、新八郎の耳許へ囁く。

「…………」

新八郎は絶句した。

かなり怪しいところがあるとはいえ、相手は田沼家の用人である。たかが伊賀の下忍の命より、田沼家用人の体面を尊重するのが武士の常識だ。

（そんな顔をするということは、つまりお前も、俺をそんな人でなしだと思っていたわけだな、新八——）

と思うと、正寔も些か情けなく感じる。が、さあらぬていで、言葉を続けた。

「それでも埒があかぬときは、潮田が所持する黄金の仏像を持って、直ちに江戸へ戻ってくるのじゃ。よいな？」

「よ、よいのですか？」

「かまわん。あくまで刃向かってくるようなら殺してもよいぞ」

「え……」

「お前を殺し、仏像を持ち逃げするつもりでいるなら、潮田はとんでもない悪党だ。主家を裏切る悪臣を、田沼様に代わって成敗するだけのことだ」

「…………」

「それから、例の仏像は、江戸を出たら、理由をつけてお前が持つようにせい。ぐずぐず言って渡さぬようなら、こっそり奪え。くれぐれも、持ち逃げさせるでないぞ。また、仏像を持たぬ潮田が、お前をまいて何処かへ姿を消した場合、深追いする必要はない。そのときは直ちに戻れ」

「承知いたしました」

短く応じて、新八郎は正寔の側を離れた。

屋敷内に一部屋を与えられ、休んでいた潮田内膳が、そろそろと起き出す気配がしたためである。

ほどなく、先夜同様、修験者姿の内膳がすっかり支度を調え終える頃、朝餉の膳を提げ持った絹栄が、衣擦れをさせながらその部屋の前に到着した。

内膳の泊まった部屋は、中庭を挟んで正寔の寝室の反対側なので、そこからの話し声など本来聞こえる筈もないのだが、聴覚の優れた伊賀者の耳には筒抜けだ。

「朝餉を召しあがるようでございますな」

「うん。絹栄の朝飯を断れるほどの度胸はあるまい」

正寔と新八郎は、声には出さず、そっと見交わすだけで囁き合った。互いに、少し笑顔になっていた。

ともあれ新八郎に付き添われた潮田内膳はその日の四ツ過ぎ、無事江戸を出立した。

（やはり、田沼様に直接伺うしかあるまい）

と思案した正寔は、今度は白昼堂々、田沼屋敷を訪ねることにした。

屋敷の周辺に配置された定信の監視の目は鬱陶（うっとう）しいが、考えてみれば現在田沼意次は、失職中なだけで、謹慎中ではない。誰が訪ねたとしても、誰にも文句を言われる筋合いはない筈だ。

或いは、定信は不愉快に思うかもしれないが、

（知ったことか。ご老中だからといって、ご機嫌をとらねばならぬ義理はないからな）

と正寔は心中激しく吐き捨てた。

それに、なにもせずとも、既に定信は正寔を不愉快に思い、彼に対して一抹の疑念をいだいている。もとより、なんの根拠もない、一方的な疑念である。正寔には、そんなものにつきあって、定信のご機嫌をとろうなどという気は、さらさらなかった。

（なんとでも、思いたければ思うがよいわ）

しかし、一方では、潮田内膳を襲い、美濃屋とやらの寮に逃げ込んだ連中のことも気にかかる。

（友直は、腕はたつが、内々の探索には向いていないしなぁ――）

いっそ、潮田内膳の守護は林友直に頼み、新八郎は江戸に止めればよかったかと、正寔が後悔したはじめたところへ、だが正寔も予想していたとおり、まるで新八郎が発つのを何処かで見ていたかのように、入れ代わりに六兵衛が戻ってきた。

「どうした、六兵衛。ひまを願い出てから、まだ十日も経っておらぬではないか」

正寔は、自分でも恥ずかしくなるくらいに驚いてみせた。

「いやいや、湯治場などというものは、さほど長逗留するものではござらぬ。それがしのように日頃から体を鍛えておれば、三日も湯に浸かれば充分。……それ以上浸かっても、体がふやけるだけで、なんの効能もござらぬ」

「なるほど。そういうものか？」

「そういうものでございます」

大真面目に応える六兵衛を、正寔は内心大いに嗤っているが、そんな内心は毛筋ほども覗かせない。

「と言うて、なにもこんなに早く戻ることはなかったであろう。折角ひと月の暇をとったのだから、もっとゆっくり骨休めしていればよいものを——」

「なんの。若のおそばにおっても、充分骨休めはできまする」

「そうか？　だとよいのだが……」

「そういえば、新八郎の姿が見えませぬが、本日はよもやお休みをいただいておるのではありますまいな」

その白々しい言い草を内心笑いとばしつつ、

「いや、新八には、別の用を言いつけたので暫く(しばら)は戻らぬ」

さあらぬていで述べてから、

「よく戻ってくれたのう、六兵衛」

正寔はここぞとばかり、六兵衛の帰還を歓んで見せた。

「若」

年のせいか、めっきり涙もろくなった六兵衛は、正寔のその反応に、大いに感動したようだった。

目頭(めがしら)が、見る見る赤みを帯びてゆく。

「そちほど頼みになる者はおらぬからのう、六兵衛」

「それで、それがしはなにをすればよいのでござる？」

口調こそはぞんざいだが、明らかな涙目で六兵衛は問い返した。

そこで正寔は潮田内膳の一件を告げ、次いでその刺客が、美濃屋藤兵衛所有の向島の寮に逃げ込んだことも告げ、彼らの動向を探ってほしい、と言葉巧みに頼み込んだ。勿論、老中となった松平定信から、雲を摑むような命を下され、もし従わなければ今後も彼の不興を買い続けるであろうということも、さり気なく盛り込みつつ――。

「つまり、その美濃屋とやら申す両替商が、刺客を雇ってご用人を襲わせたのでござろうか？」

考え込む六兵衛を無言で見据えつつ、

（だから、それを調べてこい、と言ってるのであろうが。……年寄りは、若いのにくらべて察しが悪いのう）

と思っていよう本心など、もとより正寔はおくびにも見せない。

「それはまだわからぬが、美濃屋の寮へ逃げ込んだという賊どものその後も気にかかる。……まだ、絹栄に帰還の挨拶もしていないというのに申し訳ないが、すぐに向かってくれるか？……腹が減っているなら、絹栄になにか作らせるが？」

「いやいや、そんなお気遣いは無用でござる。伊賀者は、二～三日飲まず食わずでも、さしつかえござらぬ」

「そうか？」

遠慮がちな口調ながらも、正寔が、新八郎のつきとめてくれた隠れ家の場所を詳しく教えると、

「委細、承知仕った」

六兵衛は忽ち、《霞》の如く、正寔の前から姿を消した。

その矍鑠とした姿、箱根の湯に二、三日浸かっていたというのは嘘ではあるまい。ただ、湯治場で無為に過ごす徒然なときに堪えかねたのだろう。或いは、女房同然の情婦から強請られて、今生の思い出に、と連れて行ったのかもしれない。

とまれ、温泉に浸かることで明らかに活力を取り戻したと思える六兵衛は、いまはこの上なく頼もしい存在だった。


（六兵衛ならば、委細ぬかりあるまい）

とりあえずひと安堵した正寔は、林友直を逗留させている離れに向かった。

友直を己の用心棒として屋敷に住まわせることは、彼と再会してまもなく——つまり、新八郎に内膳の供をしろと命じたときから決めていた。

幸い、正寔の父が自らの隠居所として屋敷内に用意した離れが、殆ど手つかずの状

態であった。通りの喧騒が聞こえる表門からは離れ、中庭のやや奥まったところに建てられているため、著述に集中するにも問題はない。

「こちらにご厄介になれるとは有り難い」

正寔がそれを申し出ると、友直は渡りに船とばかりに、二つ返事で引き受けた。

「いいのか、半次郎？」

あまりにあっさり引き受けるので、寧ろ正寔はそのことを訝ったほどである。

よりによって、

「絹栄殿が嫌いだ」

と言い、その上兄貴の家へなんざ金輪際行かない、と彼が嘯いたのは、ほんの数年前のことである。勿論、そう言った割には、その後何度も、友直は正寔の屋敷を訪れていたし、絹栄の手料理も食べている。

先夜も、絹栄の作った鱧の湯引きを絶賛し、

「本職の料理人以上だ」

とまで褒め讃えた。

或いは、かつての発言を心から悔い、きまりが悪いので忘れたふりをしているのか。

それとも、仙台で暮らした数年間になにか心境の変化があったのか。

(だが、俺は忘れておらぬぞ)

正寔は存外執念深い。

それが、正寔自身に向けられた中傷であれば、或いは一笑に付したかもしれないが、悪口の対象が絹栄となると、話は別だ。

(だいたい絹栄が、なにをした)

家に訪れた際、酒肴をふるまう以外、絹栄は友直に対してなにもしていない。それ故、友直が何故絹栄を嫌うのか、その理由がさっぱりわからず、腹立たしく思うと同時に、一方では不思議でならなかった。正寔の知る林友直という男は、理由もなしに、無闇と人を嫌うような人間ではない。それどころか、意気投合すれば、異人とでも分け隔てなくつきあうことのできる男である。

友直が絹栄を嫌った唯一の理由——。

それが、己の男惚れした正寔が、妻の前ではただの凡庸な男であるとともに、絹栄との夫婦仲がよすぎることを不快に思ったからだなどとは、到底想像もつかぬ正寔は首を捻るばかりであった。

「そんなこともおわかりになられませぬのか」

さしずめ、松平定信の用人・茂光ならば、忽ち涙目になりながら、正寔を諌めることだろう。

「柘植様を、男の中の男と思い、慕っておられる林殿にとって、あまりに奥方様を大切になさる柘植様を目の当たりにするのが、どんなにおつらかったか。林殿は、柘植様には、御妻女に対しても、あくまで毅然とした態度で接してほしかったのでございましょう」

もとより、その真相を聞かされたからといって、すぐには友直の心情が理解できる正寔でもなかったが。

（ま、何れ機会があれば問い質してみよう）

わざと足音を聞かせるため、強く廊下を踏みしめて歩きながら、正寔は思った。

濡れ縁の先で草履を履き、玉砂利を踏んで離れの入り口にいたる。

「おい――」

到ると忽ち、離れの雨戸に両手をかけ、引き剝がす勢いで激しく引き開けた。次いで縁先に上がり、

「起きろ、半次郎ッ」

忽ち朝陽が射し込む寝所の障子を、乱暴に開け放つ。

用心棒が、その家の主人よりも朝寝しているとは、一体どういうことだろう。

「いつまで寝ている気だ。もう巳の中刻だぞ」

「なんだよ、兄貴。まだ、巳の中刻だろ？…何の用もないときは、俺は午の刻まで寝るんだぜ」

寝床に恋々としがみついたまま、朝陽と共に入り込んできた正寔を見ようともせずに友直は言い返す。

「用があるから起こしにきたのだ」

「用なんか、ねえよ」

「貴様、俺の用心棒を請け負ったのであろうがッ」

遂にたまりかねて正寔が声を荒げると、

「なに？　刺客が来たか？」

漸く、寝惚け眼をこする始末である。

「出かけるから、供をせいと言っておるのだ」

「何処に行くんだ？……真っ昼間なら刺客の心配はねえんだから、用心棒は要らねぇんじゃねえのかよ？」

苛立った正寔の言葉をものともせず、なお寝床の中から、友直は問い返す。

「田沼様のお屋敷だ」

怒りを堪えて、正寔は答えるが、

「あ、そう……」

友直の反応は極めて薄かった。

（こやつ……）

更なる怒りを堪えつつ、だが正寔は、あることに思い至る。

「お前、以前、田沼様を紹介しろ、と言っていなかったか？」

感情を抑え、ゆったりとした口調で訊ねてみる。

「え？」

友直は漸く少し反応した。

「俺はこれから、田沼様をお訪ねする。供をするなら、紹介してもよいが――」

「………」

一瞬間、寝床に顔を埋めたままで思案した後、

「おい、そりゃ、本当か？」

友直はつと、褥（しとね）の上に身を起こした。完全に、目覚めた顔つきである。

「供をする気があるなら、さっさと支度せい」

冷ややかに言い置いて、正寔は背を向けた。

背を向けていても、直ちに寝床から立ち上がり、衣桁にかけた着物をバサバサと身に纏いはじめた友直の様子が、正寔の目にはありありと見てとれた。

二

「言っておくが、いまの田沼様には、かつてのようなお力はないぞ」

田沼屋敷へ向かう道々、嬉々として従う友直に、極めて冷静な口調で正寔は述べた。

「わかってるよ、それくらい」

だが友直の上機嫌は依然として続く。

「あんまり田舎者扱いしないでくれよ。江戸の政局がいまどうなってるかってことくらい、俺だって知ってるよ」

と強い語調で言い返しつつも、友直の顔つきは満更でもないようだった。

「別に俺は、権力に取り入ろうなんて魂胆で田沼様に会わせてくれと言ってるわけじゃねえんだぜ」

「では、一体何故、既に権力の座を追われた田沼様にお目通りしようというのだ?」

問うてから、正寔は注意深く友直を観察していた。

彼の性根なら知り尽くしているつもりだが、絹栄を嫌いだ、と言った一件も含めて、そのすべてを完全に理解しているわけではない。或いは、よからぬ了見で先の老中に近づこうとしていないとも限らず、また、そうとでも仮定しなければ、友直のはしゃぎぶりは、いっそ異様ですらあった。

なにかよからぬことを企んでいるような輩を、さすがに、かつての恩人・田沼意次に近づけるわけにはいかない。

「俺の古い知り合いに、昔、仙台藩の藩医をしてた工藤平助って御仁がいるんだが……ああ、歳はちょうど、三蔵兄と同じくらいかな」

「名は聞いている。『赤蝦夷風説考』の著者であろう」

その名を聞いた瞬間、正寔の胸には、チクリと針で刺されたような痛みが走るが、さあらぬていで、

「いまはもう、医師ではないのだろう？」

当たり障りのない問いを発した。

「いや、別に医者をやめたわけじゃないんだ。藩から、他にもいろいろ命じられて、忙しくなっちまっただけで、病人が来れば診てやってるよ。平助兄は医者としても腕がいいから」

「そうか」

頷きつつも、正寔の胸は、潮風に曝された傷口の如く疼く。

工藤平助の『赤蝦夷風説考』を読んだ田沼意次は蝦夷地の開拓に興味を示し、調査隊を送り込んだ。当然、幕府の資金を潤沢に注ぎ込んで——。結果的にはなんの成果も得られず、ただ貴重な財源を無駄遣いした、との悪評だけが残った。

それが、田沼失脚の一因ともなったことは否めない。

(友直はよい男だが……工藤にせよ友直にせよ、所詮自説を権力者に売り込み、己の名をあげようとする輩ではないか)

正寔の苦衷をよそに、

「平助兄の意見に耳を貸してくれたってだけで、信じるに足るお人だぜ、田沼意次って御仁は」

友直は実に楽しそうに言葉を継いだ。

「歴代のご老中の中じゃ珍しく、国の外へも目を向けておられた。そういうお人と、一度はちゃんと口をきいてみてえじゃねえかよ」

「まさかお前、田沼様を相手に、己の持論を展開する気か？」

正寔はさすがに呆れ、友直を顧みる。

「悪いのか?」

「いや、別に、悪くはないが」

「だったら、いいだろうよ。……老中職追われて、最早日の目を見ることもないお方なんだろ。なに話したって、いいじゃねえかよ」

「それはそうかもしれぬが……」

正寔は困惑した。危うく論破されそうになっている自分自身に対して。弱腰の正寔に対して、友直の論調は強くなる一方である。

「だいたい、兄貴はどう思ってるんだよ」

「え?」

「さしずめこの江戸だったら、品川には、いますぐにでも砲台を造らねえとな」

「…………」

「海から攻め寄せられたら、どう頑張っても護りきれねえだろう? 長崎で、いやってほど、最新の阿蘭陀船を見てきたってのに、それでも、なんとも思わねぇのかよ?」

「思わぬわけではない」

不快げに言い、それきり正寔は口を噤んだ。

時折友直からふっかけられるこの種の議論には、だが、残念ながら口を閉ざすしかないのが正寔の現状だ。

この国自体の舵取りが上手（うま）くいっていないというのに、この上外国からの攻撃に備えろ、と言われても、想像力が追いついてこない。だいたい、民の口に、満足に米が入らなくなっている現在、一体どこから、外国に対する国防のための資金を調達するというのか。

（そもそもこやつは、いまは仙台藩士の身分も捨て、ふらふらしておるだけではないか）

そう思うと、正寔の怒りは忽ち極に達した。

八方に気を遣い、なんとか波風たてずにことを収めようとしている自分が、この上なく哀れで、情けない存在に思えてくる。

（工藤某やら、こやつのような輩が、国士気取りで天下を跋扈（ばっこ）し、俺のようなしがない宮仕えは、上に媚びてこき使われ、下の者からは山ほど文句を言われて一生を終えるのだ）

憤りが極に達するとともに、もうあと何歩かで田沼屋敷の門前にも達しようというとき。

「柘植様ーッ」

不意に、往来の向こうから、声高に叫びつつ、正寔に走り寄ってくる者があった。

「これはこれはぁ、誰かと思えば、柘植様ではございませんかぁッ」

（え？）

目を凝らして見るまでもない。

茂光である。

「まさか、このようなところでお目にかかるとは、いや、奇遇でござる」

態（わざ）とらしい言葉を発しながら足早に近づいてきたかと思ったら、

「なにをなされておられます」

呼吸を整えることもせず、鬼の形相で低く耳許に囁きかけてくる。

「白昼堂々、田沼屋敷に近づこうなどと、正気でございますか？」

「え？」

「御庭番が、見張っておるのですぞ」

「…………」

「田沼屋敷に近づく者は、ことごとく斬れ、という命（めい）が、御庭番に下されているのでございます」

忍び特有の押し殺した声音で、茂光は正寔の耳許に囁いた。

「まさか……近づくだけでか？」

「左様」

という肯定の言葉は、声にはださず目顔でだけ。

「とにかく、それがしに調子を合わせてくだされ」

「しかし、この白昼に、まさか有無を言わさず斬りかかってくる、ということはありますまい」

「白昼であろうが夜間であろうが、己の務めを全うするのが御庭番でござる」

「しかし、また何故？」

「何故とは？」

「田沼様は、謹慎中でもなければ蟄居を命じられてもおらぬ。然るに、屋敷に近づく者は斬り捨てよとは、あんまりではござらぬか」

「とにかく、ここから離れましょう」

忍び声同士の会話を切りあげ、

「折角こうしてお目にかかったのですから、そこらで一献さし上げようではございませぬかーッ」

例の態とらしい声を張りあげつつ、正寔の肩に、強引に手をかけた。

（うわっ、なんて、馬鹿力だ）

瞬間正寔は顔を顰める。

それでも茂光に従い、数歩歩き出したとき、

「おい、兄貴、何処行くんだよ？　田沼様のお屋敷に行くんじゃやなかったのか？」

背後から呼びかけられ、正寔は漸く、友直の存在を思い出した。

「半次郎」

慌てて振り向くと、友直はいましも田沼屋敷の門前に立つところである。

「…………」

しゃッ、
しゃ、
しゅッ……

そのとき、友直に向かって無数の礫のようなものが飛来した。

友直は身を捩ってそれらを躱し、躱しきれぬものは、反射的に抜いた刀でことごとく叩き落とした。

「なんだこりゃあ」

友直の足下に落ちていたのは、無数の五寸釘である。友直の刀で払われたものはすべて、綺麗に真っ二つになっていた。

(相変わらず、凄い剛剣だ)

舌を巻く暇も惜しんで、

「半次郎、早くこっちへ来いッ」

正寔は友直を呼んだ。

「あ、ああ」

同じ場所にぐずぐずとどまっていて、第二弾が飛来してはかなわない。友直は躍り上がるようにして走り出し、正寔のあとに続いた。

「ご覧じたか？　あれが、白昼のやり方でござる」

「あの釘には毒が塗られているのか？」

したり顔の茂光に問うと、当たり前だと言わんばかりに茂光は大きく頷いた。

如何なる毒にも耐性のある伊賀者や薬込役たちならばいざ知らず、ごく普通の人間であれば、釘の尖がほんの少し掠って皮膚を傷つけただけで、忽ちその猛毒にあたって死んでしまう。

(人でなしのやり口じゃ)

万一、友直が釘に当たっていたときのことを想像するだけで、正寔は激しい怒りに身のうちが震えた。

（しかし、一体何処から狙いおった？）

真っ昼間と雖も、正寔はあたりに気を配っていたつもりだ。

武家屋敷の周辺には、昼間でも人通りは少ない。御庭番らしき者の姿を見かければ、正寔にも瞬時に見抜けた筈だ。

ただ、茂光に駆け寄られる直前、武家屋敷の門前には、少々不似合いなものを見た気がする。

（そうだ、心太売りだ）

正寔は忽然と思い出す。

武家屋敷には不似合いな心太の棒手振りが視界の端に入ってきて、何故ともしれぬ違和感をおぼえたその瞬間、不意に茂光から名を呼ばれたのだ。

心太売りはそのままゆるゆると歩いて田沼屋敷の門前で足を止めた。そこまでは、正寔も認識している。

勿論、武家屋敷に暮らすのは殿様とお上品な御殿女中ばかりではない。低収入の中間・若党から、下働きの小者もいる。そういう者たちであれば、棒手振りからものを買うこともあるだろう。

（だが、あの心太売りは、声をあげていなかった。声をあげねば、誰も屋敷からは買いに来ない）

それが、正寔にとって最も大きな違和感だった。

（おらぬ――）

そうと気づいて周囲を見まわしたときには、当然心太売りの姿など何処にもない。

瞬(まばた)きする間の、ほんの一刹那のことである。その瞬きする間に、影も残さず忽然と姿を消せるのは、忍び以外の何者でもあるまい。

（恐るべし、御庭番）

正寔は戦慄した。だが、

「一体なんなんだよ、兄貴」

追いついて来た友直は不満顔で苦情を述べ、

「とにかく、いまはここから立ち去ることでござる、柘植様」

茂光は厳しく正寔を促した。

（一体なんなんだと、問うたか、友直。…その言葉、そっくり、いますぐうぬに返したいわ）

茂光に肩を摑まれたまま足早に歩を進めながら、正寔は思った。

茂光は茂光で、己の務めを全うすることしか眼中にないのだろう。既に正寔は彼に逆らっていないし、そそくさと歩を進めているのだから、強引に正寔の肩を摑む必要など全くないのだが、そのことに、一向気づいていないようだった。

三

「田沼様には、何れ永蟄居の沙汰が下されます」

開口一番、茂光は言った。

いつもどおり、無感情な口調であったが、正寔はそれについて、殊更の感慨をもよおすことはなかった。

「それ故、田沼様には、いまは誰とも関わっていただきたくないのでございます」

（だろうな）

寧ろ、積極的に同意した。

いまは謹慎を解かれているとはいえ、政敵である定信が老中の座にある以上、このままですむわけがない。

「だが――」

言葉の上では、正寔は強く否定する。

「だからといって、お屋敷に近づく者すべて、有無を言わさず斬り捨てるなど、やりすぎではござらぬか。田沼屋敷に近づく者がすべて、田沼様を担ぎ出そうとする謀反人とは限りますまい」

「それがしに言われましても……」

茂光は当然困惑した。

「すべては、ご老中のご意向なのでは？」

困惑する茂光に、正寔は更に強く問いかける。

「いや、我が殿は断じてそのような命を下されるお方ではございませぬ」

「では一体、誰がそのような無体な命を？」

「よくわかりませぬが、上様ではございませぬか。御庭番に命じることができるのは上様だけでございます故」

「何故上様がそんな命を下す必要があるのです？　そもそも田沼様は、上様が、将軍家ご世嗣となられるにあたって、最もご尽力されたお方ですぞ」

「そ、存じませぬ。…上様でなければ、或いは、上様のご実父・一橋様かもしれませぬ。一橋様ならば、田沼様には多少の恨みもございましょうから——」

「なるほど」

正寔は一応納得した。

いや、納得したふりをした。

家斉が将軍職を継いだ後も、若い家斉の後見である実父の一橋治済をはじめ、御三卿・御三家など、親藩・譜代の者たちと、老中の職を失ってもなお幕閣内に隠然たる力を持つ田沼意次とその一派のあいだには、激しい対立があった。

その最たるものが、定信の老中就任問題である。

治済自身は、定信を老中とすることに必ずしも賛成ではなかったかもしれないが、それが御三家の総意である以上、無下に反対するわけにもいかなかった。

寧ろ、表向きは率先して定信の老中就任のために動いた。

それを邪魔する田沼と田沼派の者たちに対する一橋治済の感情は、蓋し複雑なものであったろう。

「では、田沼殿に与するつもりはなく、ただ田沼邸を訪れる者と、謀反人とを、どうやって見分けるのでござる？」

「見分けがつかないからこその、皆殺しでございましょう」

さすがに苛立った口調で茂光は言い返し、正寔を見下ろす表情は険しくなる。いちいち、わかりきったことを問い返す正寔の言葉つきは、相手を苛立たせるには充分だった。

「…………」

正寔はしばし黙り込む。

大名の下屋敷が建ち並ぶ蠣殻町を去り、濱(はま)町河岸まで行って船に乗った。

船といっても、川遊びが目的の屋形船ではなく、移動手段としての猪牙舟(ちょきぶね)なので、定員は、船頭一人に客二人が精一杯である。

茂光は、その舟の船頭に因果を含め、酒手(さかて)をはずむ代わりに、しばらく——一刻かそこら、自分たちに舟を貸すよう申しつけたのだろう。丸一日ぶんほどの稼ぎを与えられた船頭に、否やはない。

茂光は袴の股立ちをとって腰紐に挟み、例によって、巧みに竹竿を操った。

「へぇぇぇ、老中のご用人様が船頭をなさるんで？」

友直は面白がったが、正寔には笑い事ではない。

もし茂光がいなければ、いまごろ正寔は、田沼屋敷の前で、五寸釘を体中に撃ち込まれて死んでいたかもしれない。

四六時中見張られているのは決して気持ちのよいものではないが、見張られていたおかげで、いまこうして息をしていられる。さすがに、あんな問答無用の五寸釘攻撃に耐えられる自信は、正寔にはなかった。

刀で斬りつけられるのであれば、たとえどんなに腕のたつ相手でも、その刹那に体内から発せられる《気》を感じ取り、どうにか間一髪躱すことができる。

だが、人の手を離れた五寸釘が自ら《気》を発することはない。しかも、釘が体に達するのはその一瞬後のことだ。放たれた時点で、もう抗しようがない。

(半次郎は、よく助かったものじゃ)

暢気な顔つきで舟に揺られている友直をチラッと顧みて、正寔は思う。

「ときに茂光殿――」

ふと思い返し、正寔は再び茂光に声をかけた。

棹を操って舟を漕ぎつつ、茂光は無言で正寔に視線を向ける。

「先ほどの御庭番は、それがしの顔を見覚えたのではなかろうか？」

「さあ、見覚えたかもしれませぬが、それがなにか？」

「もし見覚えたのであれば、それがしを田沼様に与する一味と思い、今後もつけ狙ってくるのではあるまいか？」

「…………」

「そのときは、俺が護ってやるから、安心しろよ、兄貴」

虚をつかれた茂光が一瞬答えを躊躇ったそのとき、すかさず友直が言い放った。

その強い語気と彼の身動ぎによって舟が激しく揺れ、茂光は鬼の形相で棹を操る。

「おとなしくしろ、半次郎。舟が揺れる」

茂光の心中を慮り、厳しく友直を警めると、

「なんだよ、兄貴。まさか、恐いのかぁ?」

揶揄する口調で言い返された。

「そりゃ、兄貴は大身のお旗本のお坊ちゃんで、猪牙に乗って吉原に通ったこともねえだろうから、ビビるのも無理はねえが――」

「黙れ、このくそたわけがッ」

たまらず正寔は激昂した。

「猪牙で吉原に通ったことなど、数えきれぬほどあるわッ」

「じゃあなんで、ちょっと舟が揺れたくれぇでビビってんだよ」

「ビビってなどおらぬ。舟を操ってくれておる茂光殿に、あまり迷惑をかけるな、と申しておるのだ」

「いや、別にそれがしはさほど迷惑とは思うておりませぬ故——」

「ね、そうでしょうとも、ご用人様ッ」

控え目がちに口を挟んだ茂光の言葉に、友直は忽ちニヤリとする。

（ったく、こんなときばかり、余計なことを）

正寔はその怒りを、懸命に胸奥へと押しやった。

「だいたい三蔵兄は、大袈裟なんだよ」

「なんだと、貴様？　俺のなにが大袈裟だというのだ？」

「ほら、そうやって、すぐむきになるし。…ちいせぇんだよ」

「半次郎、貴様ッ」

「柘植様ッ」

友直の悪口に怒り、正寔が思わず腰を上げようとしたとき、茂光が厳しく彼を睨み据えた。

「お静かに、お座りいただけまするか？」

「…………」

正寔は無言で姿勢を正した。

舟は、ほぼ河岸に沿って真っ直ぐ進んでいるので、もし仮に操作を誤って転覆しても、泳ぎが達者であれば楽に岸まで泳ぎ着けるだろう。正寔とて、決して泳げぬわけではない。だから、船が転覆することを怖れているわけではなかった。

御庭番を怖れる己の卑小さを友直に嗤われたようで、友直にも腹が立ったが、それ以上に、自分自身に腹を立てている。

(大人気ないぞ)

とも思うが、思いつつも無意識に口が開き、

「のう、茂光殿」

舷で棹を操る茂光を再び見上げた。

「はい?」

「あの、大量の釘を瞬時に放つ技は、薬込役衆がしばしば使う技でござろうか?」

「さあ……それがしは、以前も申し上げましたとおり、薬込役を離れて二十年近くにもなります故、いまの薬込役がどのような技を使うか、皆目見当もつきませぬ」

「そうは言っても、茂光殿——」

「それに、先ほどのあれは、薬込役ではなく、御庭番でございます」

「同じことでござろう。御庭番の前身は薬込役なのだから」

「…………」

一旦言葉を呑み込んでから、

「柘植様」

やや疲れた顔つきをして、茂光は再び正寔の顔を見た。

「薬込役が、八代様とともに江戸城に入り、御庭番となってから、幾年月が経っていると思われます？」

「え？」

「八代様の御世から、早七十年余りのときが経っているのですぞ。御庭番は、既に薬込役には非ず、全く別のものとお考えくだされ」

「し、しかし……」

「そして、それがしは、かつて薬込役だったことはあっても、御庭番であったことはないのでございます」

「え？　それは一体、どういう……御庭番であったからこそ、田安家の若君の警護を命じられたのでは？」

「よいですか、柘植様、そもそも御庭番というのは、江戸城内にて将軍家を守護する者たちのことをさすのでございます。或は守護だけでなく、上様のご命令で市中に遣わされ、内偵などの任を負うこともございましょう。……そして、八代様に縁（ゆかり）の一橋・田安・清水の御三卿を警護するのが、紀州薬込役でござる」

「どう違うのです?」

　なお得心のいかぬ顔で問い返す正寔に、茂光はしばし絶句した。

(馬鹿なのか?)

　という言葉を呑み込んだ後、

「よいですか、柘植様、八代様とともに、江戸城に入った者たちと、その子孫らが御庭番。それ以外の者はすべて薬込役でございます」

　かんで含めるように、茂光は言った。

「さ、左様か……」

　恐怖に負けて執拗な問いを繰り返していた正寔も、まるで幼児に言い聞かせるかのような茂光の口調にはさすがに慄えた。

「それになにより、柘植様は、勘違いをしておられる」

「え?」

「御庭番と薬込役とでは、雲泥の差がござる。何故か、おわかりになられるか?」

「い、いや、それがしには一向に……」

　自分を見据える茂光の目が完全に据わっていて、そのことに薄い恐怖すら感じる正寔には、最早応える言葉はない。

「薬込役は、八代様が江戸城にお入りになられたときから、御庭番と、紀州に残された者たちとの二派に分かれることとなったのでございます。勿論、紀州に残り、それまでどおり、紀州家のご藩主にお仕えすることを歓ぶ者もおったでしょう。しかし大半の者が、江戸に伴われなかったことを、恨んだのでございます」

「貴殿も？」

　恐る恐る、正寔は問い返す。

「それがしなどは、父の代に、田安家の警護役として呼んでいただけた。有り難いことと思うております。その上、賢丸様には、斯様(かよう)に過分なお取り立てもいただき……」

　棹を操る茂光の手が、いつのまにか止まっていた。賢丸様の御恩を想うときの常で、その目は虚空の一点をじっと睨み据えたきり、動かない。

「茂光殿！」

　正寔が声高に呼んでも、茂光のすべての機能は停止したままだ。

　本来、猪牙舟の船脚は速い。

　小型船故、荷を積んだ貨物船や屋形船などで川面が混み合っているときでも、そのあいだをぬってスイスイと進む。それ故、一刻も早く吉原へ行きたい遊冶郎（ゆうやろう）たちが最も好む交通手段なのだ。

快速であるべき猪牙舟が突然川の真ん中で停止すれば——川には流れがあるため、茂光が漕がずとも、流れに順（したが）って多少進んでいくとはいえ——当然水上の秩序は乱れ、他の船が迷惑する。

「賢丸様の一大事でござるぞ、茂光殿ッ」

遂にたまりかねて、正寔は叫んだ。

「なんと！」

茂光は忽ち我に返り、棹を動かした。

「そうじゃ。一刻も早く、賢丸様のもとへ行かねば——」

果たしてなにを思ったのか、茂光は一心不乱に棹を操り、舟を漕ぎ出した。

船脚は速く、グングンと川面を進んで行く。未だ、午（うま）の刻前、水面に射す強い陽射しが、妖しく乱反射していた。反射した陽光は、ときに思わぬ形で茂光の顔に差しかける。

文字どおり、鬼の顔面に稲妻が迸（ほとばし）っているかの如くも見える。

茂光のその形相に恐れをなしたか、

「三蔵兄？」

さしもの友直も、不安げに正寔に耳打ちする。

「一体、何処に行くつもりなんだ？」

「吉原でないことだけは間違いあるまい」

最早諦めの境地で力なく首を振るしかない正寔だった。

四

茂光の操る猪牙舟が、その日正寔と友直を運んだ先は、北新堀町のはずれにある田安殿の下屋敷だった。

当主不在の田安家ではあるが、決してお取り潰しになったわけではなく、御三卿の一つであるから、屋敷はきちんと管理されている。堀端に面した脇門の前に舟を着けると、茂光は、中に入るよう、正寔を促した。

正寔は仕方なく自ら門を開けて中に入り、友直は正寔の供のていで彼に従った。

そして茂光は、舟を持ち主に返しに行くため、もの凄い勢いで棹を操り、川口橋をくぐっていった。

(相変わらず、律義な男だ)

感心しつつ邸内に入り、恐る恐る進んだ裏庭の、植え込みの先から、

「遅かったのう」

ふと、聞き覚えのある不機嫌な声を聞かされて、正寔は仰天した。

(まさか!)

「余は忙しい身だと言うてあった筈だが」

「畏れ入ります、ご老中」

正寔は足早に植え込みを越えてまわり込み、その厄介な人物の前に膝をついた。

「なんの真似だ、長州」

「それがし如き軽輩のために、わざわざお運びいただきましたことへの礼でございます」

「…………」

定信が一瞬間言葉に詰まったのは、正寔の言葉が、なにより嬉しかったからにほかならない。

「先日は、すまなかった、長州」

それ故すぐに、素直な言葉が口をついた。

「余も言葉が過ぎた」

「いえ、それがしこそ、身のほども弁えず、とんだご無礼をいたしました」

その素直な言葉に対して、正寔もまた、素直に応じる。つまらぬ意地を張らず、互いに素直であれば、くだらぬ誤解が生じることはない。

「いや、そのほうの気持ちはよくわかった。屋敷へ呼べぬとなれば、今後は、余も方策を考える。……これからも、余の力となってくれ」

「もとより――」

ゆっくりと顔をあげ、正寔は口辺を僅かに弛めて微笑した。

「ご老中のために働くことが、この国のためになると信じられますあいだは」

「ふん、相変わらずじゃのう」

「はい、所詮このような男でございます」

正寔の笑顔に促されるように、定信も少しく笑い声を漏らした。

「折角じゃ、屋敷を案内しよう。…もっとも、余がこの屋敷に入るのも十年以上ぶりなのだが」

朗らかに笑いながら、定信は正寔を導いた。

大きな池の周りに、散策のための園路が配され、所々に築山、橋、四阿などが設けられた、典型的な武家屋敷の庭園である。

　但し、御三卿という、些か特殊な大名家の。

「老中になる以前は、余が老中となれば、画期的に世を変えられるものと信じていたが、老中となっても、なかなか思うように政はできぬものよのう」

「まだまだ、これからではございませぬか」

「そんな暢気なことを言っていられると思うか?」

「はて、それがしなどには、思いも及びませぬ」

「そちとて、勘定奉行ではないか」

「畏れ入ります」

「いや、米の値上がりを止められぬのは、やはり老中の責任であろう」

　独りごちるように定信は言い、しばし口を閉ざす。いつのまにか、その足は、池の端の、ひときわ見事な枝ぶりの松の根方で止まっている。

　折角の庭園散策、重苦しい空気になるのは真っ平だ。そこで、

「そういえば、こちらのお屋敷のお隣は、土井様の下屋敷なのですな」

　正寔は慌てて話題を変えた。

「言っておくが、大炊頭が土井家の養子となったのは十九の歳だぞ」

「ああ、そうでしたか」

「余が、白河松平家の養子に出されたのは十七の歳。残念ながら、大炊頭と互いの屋敷を行き来して遊んだのは、互いに、お堀の内側にある実家の上屋敷にいた頃じゃ。……と言っても、大概利厚(としあつ)めが一方的に押しかけて来て、何刻も居座っておったのだがな」

苦い顔つきで定信は述べるが、その口調はどこか楽しげで、往時を懐かしむようでもあった。

(なんだ。案外このお方も、大炊頭様を可愛く思っておられるのではないか)

「そちの言うとおりだ」

そのとき、まるで正寔の心を瞬時に読みとったかのように、定信は言った。

「利厚は見た目どおり無邪気な男だ。誰も、あれを嫌う者などおらぬ」

「…………」

「それに、見た目ほど愚かではない。誰からも好かれ、まわりの者が皆助けてやりたいと思うような、ああいう無邪気な男が老中になったほうが、案外世の中は上手(うま)くゆくのかもしれぬ」

「さあ、如何なものでございましょう。確かに大炊頭様は誰からも好かれるお方かもしれませぬが、大炊頭様ご自身は、意外に、人の好き嫌いが多うございます故、幕閣のお歴々を、皆平等に扱うことができますかどうか」

「そうなのか？」

興味深げな顔つきで、定信は問い返す。

「嫌いとまではゆかずとも、先の北町奉行・曲淵殿のことは相当苦手(にがて)とされておられましたな」

「曲淵というのは確か、打ちこわしの責任を取らされて、更迭されたのだったな」

「御意」

「米がなければ米以外のものを食え、と言った男であろう？　斯様に傲岸不遜(ごうがんふそん)な者、余も苦手じゃ」

「え？」

「なにを驚いておる」

「貴方様に苦手があるとは思わなかったものですから……これは失礼仕(つかまつ)りました」

「余をなんだと思うておる？　これでも血のかようた人間だぞ。苦手くらいはあるわ、たわけが」

正寔の空惚(とぼ)けた様子が余程おかしかったのだろう。怒りを露(あら)わにしながらも、その口調は極めて楽しげだった。

　ひとしきり、雑談を交わした後で、

「ご老中は、両替商の美濃屋藤兵衛という者をご存知でしたか？」

　唐突に、正寔は問うた。

「美濃屋？……いや、知らぬが」

「昨日、田沼家の用人・潮田内膳が刺客に襲われましたことはご存知ですな？」

　定信は返事をしなかった。しないということは即ち、知っているという答えに相違なかった。

「内膳を襲った賊の逃げ込みました隠れ家の持ち主が、美濃屋にございます」

「で、その美濃屋というのは何者なのだ？」

　問い返す定信の目には明らかな不審の色が漲（みなぎ）っている。その目を見れば、定信の言葉が偽りでないことは正寔にもわかった。それくらいのつきあい方をしていなければ、正寔とて、定信のために命懸けの働きをしようとは思わない。

（田沼様の隠し財産を狙い、刺客をさし向けていたのはこのお方ではない）

　と正寔は確信した。

　半年前田沼屋敷を襲撃した賊の正体も、先日正寔を狙った刺客も、ともに薬込役なのではないか、と新八郎が言い出したとき、ならば、以前も薬込役やら伊賀者やら、妖しげな風魔などを使って正寔を葬ろうとした大老の井伊直幸が怪しいと正寔は思った。

だが、定信はあっさりそれを否定した。定信が否定したときから、正寔の中には彼への疑惑が芽生えた。

(疑いもせず、頭から否定するには、それだけの根拠がある筈だ。大老職を辞したから、などというのは理由にもならぬ。もし、それ以外に確たる理由があるとすれば、唯一つ。越中守自身が、此度の黒幕であるからだ)

そんな疑いを懐いたなりで、昨夜は憑かれたように田沼屋敷へ向かった。

そして、修験者姿の潮田内膳を、煙硝のにおいをさせた危険な刺客が襲うところへ遭遇した。

黄金の仏像を所持した内膳が、紀州へ向かおうとしているということを、果たして定信は知っているのだろうか。それを確かめるために、美濃屋の名前を出してみた。僅かでも動揺する気色があれば、正寔の疑念は確信に変わっただろう。しかし定信は、本当に美濃屋藤兵衛という名に聞き覚えがないようだった。

「美濃屋については、ただいま、それがしの手の者に探らせております」

内心ホッとしながら、正寔が答えると、定信はすぐに興味のなさそうな顔つきになり、再び、池の回りの園路に沿って、その歩を進めはじめた。正寔もすぐにそのあとに続く。

無言で数歩歩いた後、

「余を、疑っていたのか？」

無感情な声音で、背中から定信が問うた。

「申し訳ございませぬ」

正寔は素直に詫びた。

「いや、そちの立場では疑うのが当然だ。疑わせるような態度をとった余が悪い」

無感情な、愛想のない声音ではあったが、定信という若者をある程度理解する正寔にはそれで充分だった。

「余が、大炊頭のように、誰からも好かれる質（たち）の人間であれば、少しは違っていたのであろうかのう」

「左様でございますな」

拗（す）ねたような定信の言葉を受け、やや強い語調で正寔は断言した。

「…………」

「奏者番の稲葉大和殿も、田安家の付け家老・秋月図書殿も、確かに内々では貴方様とご懇意にしておられたかもしれませぬが、そもそも田沼様のご老中時代にそのお役に就かれておられる。田沼様とも、相応にご縁が深かったのでござる。特に、奏者番の稲葉殿は、その御役目柄、田沼様とは常に親しい間柄であられました」

「なにが言いたい、長州？」

「つまり、田沼様との親しいご関係を考えたとき、お二方とも、田沼家の隠し財産の存在を知るかもしれぬ方々、ということでございます。そして、その意味では、それがしも、不審死を遂げられたお二方と、殆ど同じ立場にあります」

そのとき、僅かにビクリと揺らいだ定信の背に向かって、正寔は一気にまくし立てた。

「それ故貴方様は、それがしの身をお案じくださったのでしょう。…それ故、わざと的外れな命を下して、それがしが貴方様に対して疑念を懐くように——」

「黙れ、長州ッ」

定信は鋭く叱責するが、

「いいえ、黙りませぬ。すべては、それがしが、得体のしれぬ危険な敵から、これ以上つけ狙われることがないように、慮ってくだされた上でのことなのでございましょう」

　正寔は一向怯まず、なお強く言い募る。

「黙れ、黙れ、黙れぇーッ」

　背中を向けたままで、定信は激しく怒声を放つが、その癇立った高い声音は、正寔の耳には泣き声のようにしか聞こえなかった。

「大炊頭様と、同じ……いや、それ以上に、お情け深い方でございます、貴方様は
――」

「黙れ、長州ッ、黙らねば、手打ちにいたすぞッ」

「言いたいことをすべて申し上げましたなら、黙ります」

「これ以上、まだなにか戯れ言をぬかすつもりか」

「はい」

　ぬけぬけと返答したあとで、

「越中守様のそのご恩、末代までも忘れませぬ」

　正寔は漸く、最も言いたかった言葉を口にした。「ご老中」ではなく、敢えて「越中守様」と呼んだことで、己の気持ちを真っ直ぐに伝えたつもりだった。

「…………」

心にズシリと鉛の矢を撃ち込んでくるかのような正宴の言葉に、抗し得る術はなかったろう。

だが、定信はピクとも身動がず、

「そちの勝手な思い込みじゃ」

例によって無愛想な声音で冷たく言い放った。

「余は、確かに田沼の隠し財産も欲しいし、それが手に入るのであれば、如何なる手段も講じる所存じゃ。政は、きれい事ではすまぬ」

「ですがご老中、もし他にも隠し財産を狙う者がおるとしたら如何なさいます？」

「何？」

「それも、同じ家中に――」

「田沼家の中に？」

「まさしく、獅子身中の虫でござる」

「…………」

定信は、さすがに言葉を失った。

「それ故、田沼様の隠し金とやら、是非ご老中のためにお探しいたしましょう」

戯れ言かと思うほど軽い口調で正宴が言ったので、

「何だと？」

定信はさすがに顔色を変えて正寔を振り向いた。

「もし本当に、莫大な隠し財産があったとして、それを、この国の政のために使うことがかないましたなら、田沼様も、ご満足であられましょう。私欲にまみれた輩に渡すわけにはまいりませぬ」

だが正寔はそのときふと池のほうを向き、畏れ多くもときのご老中に対して、横顔から言い放った。

「長州……」

若き老中が、本人もまるで自覚のない感激家であることに、正寔は内心ホッとした。感激家の定信は、正寔の言葉で忽ち熱いものが喉元までこみあげてしまい、その熱い波がひけてゆくまで、一言も発することができないようだった。

五

九月、北町奉行の石河政武が急死した。

（まさか、これも何者かの仕業によるものなのではあるまいな？）

と正寔が疑わずにはいられなかったほど、その死は唐突で、不自然なものだった。

屋敷で夕餉を食した後、

「ちと、気分がすぐれぬ」

と言って、その夜は早めに休んだ。

翌朝、日頃は早起きの主人が、いつもの起床時刻を過ぎても起きる様子のないことを訝った家人が起こしに行き、床の中で既に事切れていた主人を発見した、と言う。

すぐに医者が呼ばれたが、体の冷え具合から、真夜中（子の刻）くらいに卒中の発作を起こし、誰にも気づかれぬまま朝を迎えたのではないか、との診断であった。もし本当に卒中であれば、たとえ誰かに気づいてもらえたとしても、殆ど助かる見込みはないのだが。

（玄蕃兄は、日頃から、それほど酒は飲まれなかった筈だ）

大酒飲みだけが卒中になるわけではあるまいが、それでも正寔は思わずにいられなかった。

（あんなに元気そうだったではないか）

九月は北町の月番であり、政武が死んだとされるほんの数日前、正寔は評定所で顔を合わせていたのである。

確かに、六十四歳という高齢ではあったが、特に持病があったわけではない。

それどころか、日頃から、風邪ひとつひいたことのない壮健な体質であった。

政武の死は病死として届けられ、正寔より十歳ほど年下の嫡子が家督を継ぐことについてはなんの問題もなく、手続きが為された。

その後任として急遽北町奉行の任に就いたのは、天明五年より小普請奉行を務めていた柳生久通という旗本である。年齢は、正寔と殆ど変わらない。

小普請奉行から町奉行への出世は、一見妥当なものに思えるが、柳生家は石高五百足らずの小旗本である。

三千石以下の家の者が、三奉行の一つである町奉行に任命されるというのは、いくら、前任者が急死したからといっても、些か異例なことだった。

（なにかある）

と正寔が疑ってかかったのも無理はない。

柳生、という姓の印象故か、「剣術指南役の家柄の者が町奉行になった」と評判になったが、それというのも、世間は彼が、かつて三代将軍家光の剣術指南役を務めた柳生一族の直系だと思い込んでいるためだろう。

だが、久通の家は、曾祖父の代までは村田姓を名乗り、甲府藩主であった頃の徳川家宣(いえのぶ)——後の六代将軍に、剣術指南役として仕えていた。久通の曾祖父・十郎右衛門久辰(じゅうろうえもんひさたつ)は、剣術指南としての功を買われ、本来の柳生藩主である柳生備前守俊方(びぜんのかみとしかた)の許しも得て、以後柳生姓を称するようになった、という。

従って、柳生久通は、本来柳生但馬守宗矩(たじまのかみむねのり)とは、縁もゆかりもない家系の人間である。但し、剣術指南役をしていたというのも事実で、かつて家治(いえはる)の世子(せいし)・家基(いえもと)に西の丸小姓として仕え、剣術の腕を見込まれて家基の剣術指南役を命じられた。その後、家基の目付に任じられている。

もし家基が夭折せず、将軍職を継いでいたならば、いまごろは将軍の側近として権勢をふるっていたかもしれない。

(隙のない男だ)

というのが、柳生久通に対する、正寔の第一印象だった。

剣術の家の者らしく、目つきにも、身ごなし所作にも隙がなく、もしすれ違った瞬間にこちらが僅かでも殺気を向ければ、忽ち一刀両断にされるのではないか、と錯覚した。それほどに、達人の《気》を全身から漲(みなぎ)らせていた。

口数は少なく、評定の場でも、殆ど意見らしい意見を述べることもなかった。或いは、はじめての内座寄合で緊張していたとも考えられる。

だが、剣術指南役に任じられるほどの腕があれば、一見隙だらけでちっとも強そうには見えない柔和な正寔と、所詮若僧にすぎない土井大炊頭を相手に緊張する理由はない。緊張ではなくて、遠慮であるなら、話は別だが。

口数が少なく、なにを考えているのかもわからず、どこか異質な雰囲気をもつ柳生久通のことを、大炊頭なりの独特の嗅覚で、警戒したのだろう。

珍しく、内座のあと、自邸に誘うことはなく、その日はそのまま解散となった。或いは、前任者である石河政武の喪も明けぬうちから、新任の祝いというのはさすがに憚（はばか）られたのかもしれない。

ただ、別れ際、土井大炊頭は正寔の耳許に、

「柳生とは、まるで人形のような男じゃのう」

堪えきれぬ様子で囁きかけてきた。

満面に不安が広がり、可憐な顔が暗く曇っていた。

「本日は、初の内座にて緊張なされておられたのでしょう」

当たり障りなく応えつつ、だが大炊頭の言葉は言い得て妙だと、感心してもいた。

無表情ではあるが、顔だち自体は、まるで作り物の人形のように整っている。大炊

頭は、なによりそのことに圧倒されたのだろう。

柳生久通は、同年代の正寔の目から見ても、まごうことなき美男子だった。

(馴染んでくれば、大炊頭様は、或いは柳生を寵愛されるのではないか)

思うともなく、正寔は思った。

思い、そしてまた、そうなって欲しいものだと密かに願った。

第四話　那由他の星

一

「もとの濁りの田沼こひしき」

そんな声が密かに巷で囁かれるようになったのは、松平定信が筆頭老中の座に就いて、ほんの数ヶ月後のことである。

天明の大飢饉にあたって白河藩の藩政を見事に建て直したその手腕を、人々は定信に期待した。

少々期待が大きすぎたのかもしれない。

「なんだ、こんなものか」

「ちっとも、変わらぬ」

「結局血筋がよいだけか」

「なにが、世直し老中だ」

期待のぶんだけ、落胆もまた大きい。

不満の声があがるようになるまで、さほどのときはかからなかった。

老中の座に就いて、真っ先に松平定信がおこなったのは、大々的な倹約令の公布である。

祖父である吉宗がおこなった享保の改革を手本に、厳しい倹約を庶民に強要した。

このことが、定信の人気下落のはじまりであろう。

また、商業重視の田沼政策を否定し、商人の利権を規制することで、田沼時代に栄えた株仲間や問屋衆等、大商人たちの反感を買った。

田沼政権下で多大な利を得ることのできた大店の主人たちは、幕府に対して多額の御用金を用立てることに、さほど難色を示さなかった。

商人たちの価値観は、常に、利益を得る、という一点のみにある。当然、利益を生まぬものにはなんの興味も示さない。

庶民に質素倹約を強いたことで、贅沢品とみなされる品物——具体的には、簪や笄のような婦人の装飾品、根付け・煙管のような嗜好品を商う業者は、覿面にその煽りを食らうことになる。

実際のところ、厳しい倹約令を下々に強いることにさほど意味がないということは、享保の改革の時点でも、充分に判っていた筈だ。元々、贅沢をする余裕のない者は、禁止されずとも贅沢などしない。贅沢をするのは、武家でも庶民でも、金銭的に余裕のある者たちだけだ。

そういう者たちが、長年かけて身に染み付いた贅沢を、たかが御触書一つで改める筈もない。従うふりを、するだけだ。

彼らは、表向き倹約令に従うふりをして、裏でこっそり、贅沢品を求めることをやめないだろうし、求められる以上は当然、供給する側も、商うことをやめないだろう。ただ、定信によって利益を損なうことになった商人たちが挙って彼に反感を抱き、以後御用金の供出を渋るようになるだけのことだろう。

定信が、商人の利を軽んじ、ただ金品だけを強奪しようとする、たかり老中であることは、ちょっと目端の利く商人なら誰でも見抜くことができる。

（商人を、完全に敵にまわしてしまわれたな）

正寔には、先ずそれが残念でならなかった。利に聡い商人たちを味方につけておけば、この先いくらでも御用金を調達できたのだ。田沼時代の金権政治を忌避したい気持ちはわかるが、なにも全否定することはなかった。大飢饉や自然災害などの不運が続いて民心が離れ、政権が維持できなくなったとはいえ、田沼政権下で生まれた自由な気風のせいもあり、それなりに民心が安定していた時期もあった。

庶民のあいだで、お伊勢様への御蔭参り（おかげまいり）が流行（はや）ったり、錦絵や読本が売れたりと、文化面が大いに発展した。

明日の暮らしにも事欠くような者たちが、自ら望んで長旅をしたり、それを見たり読んだりしたからといって、腹が満たされるわけでもない絵や本を愛好するようになったのだ。人として、これほどの幸福があるだろうか。

快楽は、求めすぎれば身を滅ぼすだけだが、時折得ることのできる束の間の楽しみであれば、生きる糧（かて）にもなる。正寔自身、日々美味（うま）い酒肴を楽しみたい、という願いの中で生きている。

（人の営みの中から、根源的な楽しみを奪うような法は、長続きすまい）

吉宗の改革も、結局一長一短で、そのすべてが成功したわけではない。農民への締めつけを厳しくしたため、田畑を捨てて江戸や大坂などの都市部へ移り住む農民があとを絶たず、そのため、農村の人口はジリ貧に減ってしまった。

働き手の減った農村の生産量は下がる一方である。

(そのうち、人返しの法令が出されることになるのだろうな)

だが、百姓を嫌って生まれ育った村を出奔し、華やかな都市の暮らしに馴染んでしまった者たちを強引に村へ返したからといって、立派な働き手となってくれるかどうか。どうせまた、折を見て逃げ出すに決まっている。

どこまでも　かゆき所にゆきとどく　徳ある君の孫の手なれば

老中に就任当初、そんな落首で万民から歓迎された世直し老中の定信が、ほんの数ヶ月後には、「白河の清きに魚の住みかねて」などと言われている。

(確かに、ご老中のやり方は少々拙いが、そんなにすぐに、結果を求めるのは酷というものだ)

正寔には、人の世の遷り方こそが恐ろしく思えて仕方ない。

そもそも政策というのは、御触を発したからといって、直ぐにそれが隅々まで浸透するという類のものではない。はじめは反発され、忌み嫌われ、だが仕方なく従ううちに、ゆっくりと認識されてゆく。そうして、じっくりと長いときをかけて人々のあいだに浸透してゆくものだ。

（たかが数ヶ月で、一体どんな結果が出るというのだ）

石河政武の急死後、北町奉行の任に就いた柳生久通は、寺社奉行の土井大炊頭から、忽ち信任されるようになった。

きっかけは、小野派一刀流の使い手である久通に、大炊頭が一手指南を申し入れたことにはじまったらしい。

（あのお方が、まさか、剣術に興味を示すとは——）

意外といえば、意外であった。

元々好奇心の強い質だからこそ、異国の文化や、異国をよく知る正寔にも興味をもったのだが、その優しげな外見から、彼の興味は文化的なことに限られているものと勝手に思い込んでいた。

尤も、大炊頭が剣の使い手である柳生久通に興味をもち、その指南を受けることになった真の理由は、質素倹約とともに、武士には学問武道を奨励する定信の政策に迎合するものにほかならなかったのだが。

とまれ、かつては正寔の顔を見れば、あれほど、「長州」「長州」と慕い寄ってきていた大炊頭が、あっさり柳生のほうへ行ってしまったことに、正寔は一抹の寂しさをおぼえずにいられなかった。

潮田内膳とともに旅立った新八郎が江戸に戻ってきたのは、旅立ってから約一ヶ月ほど経った頃のことである。

正直、もっと速く戻ってくるものと思い込んでいた正寔にはそのことが意外だったし、

「紀州へ行ってまいりました」

という開口一番の報告にも、驚いた。

「潮田内膳は、黄金像を本当に紀州の報恩寺へ納めたのか？」

「それが……」

新八郎の口調は何故か重い。

「どうした？」

「実は、潮田様は、それがしに黄金像を託され、ご自身は、『理無い用があるので、代わりに行ってほしい』と仰せられまして……」

「なんだと！」

正寔は忽ち目を剝いた。

「どういうことだ？」

「それ故、それがしが一人で紀州へ行ってまいりました」

「潮田は、何処へ行ったのだ？」

「さ、さあ……」

日頃沈着な新八郎が口ごもり、狼狽（うろた）えるさまはなかなかに新鮮だったが、正寔には
それを楽しめる余裕はなかった。

「わからぬのか？」

「御家のために、どうしてもやらねばならぬことがある、と仰せられました」

「だから一体、なにをするというのだ？」

「さあ、それがしには……」

「具体的なことをなにも訊かずに、別れたのか？」

「………」

「新八、お前、一体――」

「申し訳ございません」

叱責を受ける前に、新八郎は自ら神妙に頭を下げた。

「潮田殿は、はじめから黄金像をそれがしの手に委（ゆだ）ねた上で、『報恩寺に行ってくれ
まいか』と頼んでこられたのです。そのご様子には、嘘はないように思われまして

「……」

「それで、そちが一人で、紀州まで行き、報恩寺に、黄金の仏像を納めてきたというのか？」

「潮田殿に、少しでも怪しい様子があれば、殿から言いつけられたとおりにするつもりでしたが、潮田殿は、それがしが言い出さずとも、『お主が持っていたほうが安心だから』と言われて、自ら、黄金像をそれがしに手渡されたのです」

重い口を訥々と開いて、新八郎は事の次第を正寔に説明した。

「お前は、それを信じたのか、新八？」

最早怒りの感情はなく、ただ純粋な驚きのみで、正寔は問うた。

「信じてもよいのではないか、と思いました」

目を伏せたままで、それでも懸命に応える新八郎を改めて見たとき、

（そういえば、こやつはまだ、二十歳そこそこの若僧ではないか）

ということを、正寔は漸く思い出した。

十八で江戸に呼ばれ、正寔の身辺を警護するうちに、さまざまなことを経験し、学んだのだろう。

数年のうちに、別人のような雰囲気を身に纏うようになっていた。それ故正寔も、

彼にとっては守(も)り役であり、師でもあった六兵衛に対して懐(いだ)くのと同様の、全幅の信頼を寄せるようになった。

だが、如何に経験を積み、技を修練したとはいっても、新八郎は七十過ぎの老人ではない。二十(はたち)かそこらの若者なのだ。若者である以上、いつどんなことから、感情が激変せぬとも限らない。

日頃どれほど冷静沈着に見えても——いや、努(つと)めて冷静を装っているのであれば、一度感情のたがが外れてしまったら、自分でも抑えることは難しくなるだろう。

「殿は、潮田殿が紀州へ向かわれるのであれば、従うように、と仰有(おっしゃ)いました。……潮田殿ご自身は紀州へ向かわれませなんだが、仏像を寺に納めるという本来の目的を、それがしに託されたのでございます」

「…………」

絶句するよりほか、正寔には最早口にすべき言葉がなかった。

確かに、道中で怪しい動きが見えたときは黄金像を持って戻ってこい、と命じた正寔だったが、潮田の行動が怪しくない場合にはどうすべきか、という指図はしていなかった。怪しくない行動をとるとは、夢にも思っていなかったからだ。

それ故年若い新八郎は、潮田内膳の真剣な言葉つきにすっかり騙されてしまったのだろう。

「ご苦労だった」

懸命に己を奮い立たせて、正寔は述べた。

新八郎の言うとおりなら、彼を叱る謂われはない。とりあえずは、労をねぎらうべきだろう。

(しかし、あれほど怪しかった潮田の一体なにを、新八は信じたのだ)

口に出して問えぬ疑問が、正寔の心の奥深くに沈み込み、やがて鉛の如き重みをおびた。

「されば、明日から潮田殿の行方を追いまするか？」

「そうだな。そうしてくれ。頼んだぞ、新八」

新八郎からの申し出に、気を取り直して応じたものの、

(捜せると思うておるのか？……潮田は、とんでもない狸だぞ。今頃は、そのほうなど及びもつかぬようなところへ逐電していることだろうよ)

一方では、心中密かに嘯いていた。

美濃屋藤兵衛のことを調べに行った六兵衛は、その日のうちに一旦正寔の許へ戻っ

てきた。

美濃屋の名のとおり、主人の出身は美濃国大垣（おおがき）というところで、十一の歳に知人の伝（つて）で江戸に上がり、越後屋に奉公するようになった。越後屋のような大店（おおだな）中の大店が、身元も定かならぬ田舎の少年を雇い入れるわけがない。藤兵衛は、当時の番頭の親戚筋の者だった。だからというわけでもあるまいが、十八で元服と同時に、丁稚（でっち）から手代に昇進した。子供の頃から目端の利く切れ者であったらしい。その後も、三十で番頭格、三十八で支配人と、順当に出世した。

四十一で後見役という、後任の支配人を補佐する役に就き、一年間の任期を務めた後、次の後見が決まるまで結局三年間、後見役を務めた。四十四で一戸を構えることを許され、妻帯した。しきたりどおり、その後三年間本店に勤務して、四十七のとき、暖簾（のれん）分けを許され、高砂町に店舗を構えた。

それが、いまから十年前のことである。

まさしく、商人の手本の如き人生を送っている。

そこまでは、新八郎がとり急ぎ調べたことの詳細な内容に過ぎなかった。

藤兵衛の人柄は温厚、家業も概（おおむ）ね上手（うま）くいっている。

だが、高砂町のその店に、どういう人種が出入りしているかということを聞くに及んで、正寔は顔色を変えた。

「水野忠友様をはじめ、田沼派のお歴々のご用人たちでございますよ」

「なに！」

「大名相手に、多額の貸付をおこなっているようでございます」

「そこまでの大店なのか？」

「まあ、越後屋の傘下でございますから、それなりには……中でも、水野様のご家来衆は、とりわけ頻繁に出入りしております」

「そうか」

正寔はそこで一旦口を噤んだ。

（金に困った武家を相手に、どうやら汚い商売をしているようだな）

しばし思案し、再び口を開く。

「それで、寮に潜伏している薬込役たちはどうしておる？」

「そのことでござるが、薬込役は、本当に美濃屋の寮に逃げ込んだのでござるか？」

「………」

「向島の美濃屋の寮は、閉めきられたまま、誰一人出入りする者はございませぬぞ」

「そうなのか？」

六兵衛の困惑顔に、だが正寔は当人以上に困惑した。

「再三外から様子を窺いましたが、中に人のいる気配はございませんでした」

「しかし、新八郎がそう申したのだぞ」

「まあ、新八郎がそう申すのでしたら……」

「或いは、夜のうちに、何処かへ移ったのかもしれぬな」

「まあ、そういうこともございましょうか」

とってつけたように言い合ううち益々(ますます)気まずい空気になった。

(どういうことだ？　新八に限って、尾行をしくじるなどあり得ぬ筈だが――)

そんなモヤモヤが晴れぬところへ、新八郎が戻ってきた。

みすみす潮田を取り逃がした、と言う。

(新八も結局、年齢相応の未熟者であったということか)

そう己に言い聞かせることで、正寔はその問題についてあれこれ考えるのを一旦止めた。

他に、考えねばならぬ問題が山積みだった。

二

十月、田沼意次に蟄居の命が下された。

三万七千石をすべて召し上げられた上での閉門蟄居である。既に、財産の殆どを没収され、国許の相良城も打ち壊されている。

嫡男の意知を二年前に喪い、他の三人の子らも養子に出していたため、孫の龍助(後の意明)が、陸奥下村藩に一万石の減転封とはなったが、辛うじて大名としての家督を継ぐことを許された。

それと前後して、幕閣内では、容赦のない田沼派の粛清がおこなわれた。

定信としては、田沼派の最右翼と目される水野忠友を、老中の座から追い払いたかった筈である。

だが水野忠友は、養嗣子としていた田沼意次の息子を慌てて廃嫡し、分家の水野忠成を養嗣子にするというその場凌ぎの手で最早田沼派ではないこと主張し、辛うじて老中の席に居座り続けていた。

それ故、そんな水野家の用人が、頻繁に美濃屋に足を運んでいる、というのは、正寔にとって、極めて興味深い報告であった。

(例えば、自らの保身のために、かつての盟友であった田沼を裏切り、刺客をさし向け、あわよくば、田沼家の隠し金を手に入れようと企んだとしても、不思議はないな)

意次が老中職を解かれてすぐ、意次の子を廃嫡している変わり身の早さをみても、形振り(なりふり)構わず生き残ろうという気持ちが如実に表れすぎている。

(田沼様のお子を廃嫡したとはいえ、打ちこわしの責を問うには充分なのに、何故この男を罷免せぬ?)

正寔は歯嚙みする思いである。

打ちこわしの際の、お救い金の支給を決定するまでの反応の鈍さは、万死に値する愚鈍さであった。あれ以降、正寔は水野忠友という人間を、僅(わず)かも信用していない。

正寔は元々、田沼意次に目をかけられて遠国(おんごく)奉行を歴任した者だ。それ故世間は、正寔を田沼派と思っているだろう。だが、正寔程度の者でも、田沼派と見なして処分してしまうと、幕閣内の殆どの人材を処分しなければならなくなる。

老中はもとより、それに次ぐ役割の奏者番も、三奉行の長たる寺社奉行も、幕閣の上層部はほぼ譜代大名によって成り立っている。将軍に近いそれらの役職の者を罷免するということは即ち、徳川家にとって大切な譜代大名に不名誉を負わせることにほかならない。

（それ故、譜代の力を結集したいと思っておられるなら、迂闊に手を出すわけにはゆかぬのでしょうな）

久しぶりに自邸の居間でゆっくり書見しながら、思うともなしに正寔は思った。

（蟄居の命が下ってもまだ、御庭番は田沼屋敷のまわりに目を光らせているのかな）

屋敷に忍び込んで直接意次と話をしたいという意志は依然として持ち続けているが、御庭番衆の恐るべき攻撃を思うと、安易に屋敷に近づくことは躊躇われる。

（新八なら、なんとかなるか？）

新八郎ならば、或いは囲みをかいくぐって邸内に侵入し、意次の寝所へ忍ぶことも可能かもしれない。だが、新八郎自身が、如何に正寔の使いの者だと名乗ったとしても、果たして意次は信じるだろうか。

（ましてや、隠し金は本当にあるのか、などという不躾な問いに、答えてくれるとは到底思えぬ。……ただでさえ、蟄居が決まって、落胆されておられるときに）

矢張り、正寔自身が訊ねて行って説得するしかなさそうだが、それには御庭番をなんとかしなければならない。

(例えば、松平家の乗物で乗りつけるというのはどうだ？　ご老中の乗物に、まさか無体な真似はできまい。……ひとつ、茂光に相談してみるか)

そこまで思案したとき、障子の外に密かな気配がある。

「絹栄か？」

「はい、殿様」

「どうした？　夕餉にはまだ早いようだが」

「それが、あの……」

絹栄はなにかを憚るように口ごもる。

「どうした？」

言葉とともに、正寔は身を乗り出して自ら障子を開けた。

「友直殿が……」

「友直がどうした？」

正寔は訝った。

新八郎が帰還してから、評定所への行き帰りの供は新八郎がしているため、友直の用心棒の役目はなし崩しに解かれた。

ために、いまはただの居候として、柘植家の離れに住み着いている。居候なら居候らしく、正寔が帰宅の際には顔を見せるくらいの礼儀は示すべきであるのに、そんなことは一顧だにせず、自儘に暮らしている。如何にも変わり者の友直に相応しい遠慮のなさを、正寔は叱る気にもなれなかった。

（そういえば、このところ、あやつの顔を見ていないな）

改めて思ったとき、

「もう三日も、離れから出て来られないのでございます」

思いつめた顔で、絹栄は漸く口を開いた。

「出て来なくても、飯は食っているのだろう？」

「お食事は、朝餉ならば友直殿がお目覚めになられた頃を見はからってお部屋の前に置かせ、そのあとも、だいたい頃合いをみはからってお届けするようにさせておりました。次の膳をお届けしたときには、空になった先の膳がお部屋の前に出されておりましたので、召しあがったのだなぁ、と安心していたのですが――」

「なに、目覚めた頃合いを見はからって、だと？」

交々述べられる絹栄の言葉を聞くなり、正寔は忽ち顔色を変える。

「あやつに、それほどの便宜をはかってやっていたのか？」

「作り置きの食事は美味しくありませぬ故。それに、お目覚めはだいたい午の刻あたりでしたから、慣れてしまえば、それほどの造作はありませぬ」

「甘やかしすぎだ。午の刻まで寝かせておくなど、言語道断。あやつは客でもなんでもないのだぞ」

「そ、そうなのですか？」

「客ではない。居候だッ」

正寔は思わず語気を荒げたが、ふと思い返して、

「図々しい居候が、三日部屋から出て来ないことの、なにが問題なのだ？」

絹栄に問い返す。

「昨日から、ご飯も食べておられないのです」

「なに？」

「一昨日の晩までは、お届けした膳のものは綺麗に召しあがっていたのですが、昨日の朝から、召しあがっておられないのです」

「…………」

朝からといっても、午の刻に起きる友直の朝餉は午の刻——即ち九ツ過ぎだ。通常、昼餉の時刻である。

「急な病かなにかでお倒れになっているのではないでしょうか？」

「声を、かけなんだのか？」

「声は、何度もおかけしました。されど、返事はなく……私がお部屋を検めるのは、友直殿に対して失礼なのではないかと……」

「屋敷の女主人であるそなたが部屋を検めるのが、なんで無礼にあたるものか。……それに、無駄飯食いの居候に、何故それほど気を遣う必要がある」

不機嫌に言い募りつつ、正寔の足は無意識に離れのほうへと向いていた。

絹栄が部屋を開けられなかったのは、本人の言うとおり、客に対する遠慮もあろうが、それ以上に、恐怖が優ったのであろう。絹栄本人が想像したとおり、もし急な病の発作かなにかで友直が倒れていたとしたら、絹栄はそんな状態の友直と対面しなければならなくなる。

平素、死んだ生き物――魚や鶏くらいなら、平然とさばいている絹栄だが、人の死体には慣れていないはずだ。

「申し訳ありませぬ、殿様」

正寔のあとについて衣擦れの音をさせながら、絹栄は言った。

「何故謝る？」

「私が、もっと早く、お部屋を検めていれば……」

「言うな。そなたはなにも悪くない」

無感情に言いつつ、正寔は少しく足を速めた。

田沼屋敷の門前で、御庭番と思しき者から急襲されたときのことが、正寔の脳裡にありありと甦っていた。

あのとき、友直は素早い身ごなしで飛来した釘のようなものを完全に避けきったかに見えたが、或いは、僅かに体の一部を擦られていたのかもしれない。釘の先には、言わずもがな猛毒が塗布されている。ほんの僅かであったため、即効性はなく、じわじわと彼の体を蝕んでいったのかもしれない。

(俺が、あの日供をさせたせいで……俺のせいで……)

正寔の喉元に、忽ちこみ上げるものがある。

「友直ッ」

大声で障子の外から喚ばるなり、正寔はいきなり障子を引き開けた。雨戸が閉められていなかったが故のことだが、このとき正寔は、そのことの意味にも気づかぬほど昂ぶっていた。それ故、母屋の縁先から、履物も履かず、素足のまま、ぐいぐい玉砂利を踏んできた。砂利を踏みつける足の痛みにも、気づいていない。

「友直ーッ」

絶叫とともに正寔は障子を開け、その場に立ち尽くした。

（友直？）

開け放たれた障子の中は、無人であった。

床はきちんと片づけられ、窓辺に向けて置かれた文机の上に書きかけの書面が何枚も残されている以外、室内は意外に片付いている。

断末魔の人間が苦しみのたうったような様子も見受けられなかった。

「何処かに、出かけただけではないのか？」

やがてそろそろと遠慮がちな足どりで正寔の背後に来た絹栄に向かって、正寔は問うた。

「黙って、出て行かれた、ということですか？」

「すまんな、絹栄、あれは、そういう奴なのだ」

「………」

「屹度、なにか唐突に思うところがあって、昨日目を覚ますなり、何処かへ出かけたのであろう」

「一言も、誰にも告げずに、ですか？」

「そういう奴なのだ」

「………」

「すまぬ、絹栄、そんな自儘な者を屋敷に住まわせた儂が悪い。儂の失策じゃ、許せ」

驚いた様子の絹栄に向かって、正寔は偏に詫びた。そうすることが、身に染みついているが故の言葉であった。ある意味、無自覚で口をつく言葉であった。絹栄に対して、なにか迷惑の及ぶことがあった場合には、その理由の如何にかかわらず、潔く詫びる。

連れ添って二十数年余。常に正寔はそうしてきた。それ故にこそ、今日の幸せな家庭がある。

「いいえ、殿様、私がいたらなかったのでございます」

絹栄は直ちに正寔に応え、その小娘のような可憐な声音を震わせた。

「友直殿は、一体何処に行かれたのでしょう？」

「さあな」

応えつつ、正寔はその文机の上の書きかけの書面につと目を留めた。

癖の強い、読みにくい文字を、一字一字読み解こうとは思わないが、文末に記された「子平」の二文字は、読もうとせずともすぐ目に飛び込んでくる。

（子平？）

正寔は首を捻った。

それが著者の名であることはすぐに思い至ったが、筆名としても、些(いささ)か奇異な字面であることに、正寔は疑念を懐いたのだ。

（林…子平か）

その名が、彼の著述とともに後世に遺ってゆくことになるとは、もとより、このときの正寔は夢にも思わない。

三

林友直は、その日柘植家で朝餉（実際の時刻としては昼餉だが）を食した後、気分転換の散歩に出た。

生憎(あいにく)持ち合わせもあまりないので豪遊はできないが、久しぶりに内藤の岡場所に登楼(あが)った。敵娼(あいかた)は、さほど器量のいいほうではなかったが、充分満足した。翌日は、盛り場に出て人混みの雰囲気を味わいたいと思った。

内藤から両国(りょうごく)に向かい、廣小路(ひろこうじ)に出た。いんちき臭い見世物小屋などひやかしているうちに、無性に誰かと話がしたくなった。この数日間、部屋に籠もりきりで執筆に勤しみ、正寔ともろくに顔を合わせていなかった。

もっとも、正寔が帰館した気配を察しても、自ら出迎えようともしなかったのは、それなりの理由があってのことだ。わざと顔を出さなかったのだ。

(勘定奉行になってからの兄貴は面白くなくなった)

口には出さぬが、そんな不満がこのところ友直の胸深く渦巻いている。

長崎で知り合った頃とは、明らかに人が違っているように思えた。

長崎奉行の頃は、その言動は全くもって天衣無縫であり、何をしでかすか、友直のような男にすら予見できなかった。それが面白く、何が起こるかわからぬ危うさにわくわくしながら、毎日のように正寔の側にいた。

だが、江戸に戻ってからの正寔はなんとも行儀がよく、あの頃とはまるで別人のようである。

友直はそれを、正寔が勘定奉行に出世したためだと考えた。

人間、出世すればするほど、守らねばならぬものが増えてくる。当然、行動にも発言にも抑制がかかる。

(所詮兄貴は、生まれながらに旗本のお殿様なんだ。家族もいれば家来もいる)

友直はそのように正寔を理解しようと努めた。一度は兄と崇めた相手だ。

（老中の犬に成り下がってるところも気に入らねえが――）

おそらく、友直にとって、それが最大の腹立たしさの要因だろう。

（男子たるもの、己の志を全うしようと思ったら、妻子も名誉も金も、余計なもんは金輪際持たねえことだ）

というのが、友直の信条である。それ故友直は未だ妻帯もしていない。姉の縁で、期せずして仙台藩士の身分は得たがその自覚は殆どなく、己は天下を跋扈する国士だと信じている。

（平助兄に会いたいな）

ふと思うと、友直の足は無意識のうちに築地のほうへと向いていた。

そこに、彼がもう一人兄と慕う工藤平助の家がある。仙台藩の藩医でありながら、格別の沙汰を持って、藩邸の外に居を構えることを許されていた。著作の『赤蝦夷風説考』が田沼意次の目にとまり、第一次蝦夷地調査隊が派遣された当時は、何れ幕臣となり、蝦夷奉行に抜擢されるのではないか、と噂された。だが、田沼意次が失脚し、蝦夷地開発の件も白紙に戻ったいま、平助の周辺はすっかり寂しいものとなっている。

一時は、彼が幕臣に取り立てられた暁にはその余禄に与ろうと日参していたご機嫌とりの者たちが鳴りをひそめたため、門前雀羅を張る有様だとも聞いた。

(人間なんざ、勝手なもんだよな)

平助が幕臣に取り立てられるかどうかなど、友直にはなんの関係もない。今回の江戸入府の目的も、そもそも平助に会うためだった。平助に会い、現在執筆中の著作の序文を彼に依頼するつもりだったのだ。

それが、江戸に着いたその日のうちに妙なことに巻き込まれ、奇しくも正寔と再会した。

正寔に頼まれた用心棒の件を断りきれずに引き受けたことから、柘植屋敷の離れに住まうようになった。

食事の世話をしてくれるということ以外は、特に煩いことを言わず、放っておいてくれるところは居心地がよく、飯も頗る美味いため、なんの不満もなかったが、旗本屋敷の中で起居しているということの異常さを改めて考えたとき、友直は急に居心地の悪さを感じた。

居心地が悪くないからといって、用もないのに、いつまでも居てよいものか。若党の新八郎が戻ったため、友直が正寔の用心棒をしなければならない理由は、とりあえずなくなったのだ。

(そろそろ潮時かもしれねえな)

正寔が不在であったため、友直は誰にも言わずに屋敷を出た。

(当面、平助兄のところに居候させてもらうとしよう。……三蔵兄貴に話すのは、そのあとでいいや)

気楽に考えながら、二ノ橋を渡ったところで、友直はつと、西本願寺の参道へと流れゆく人波の中に、見覚えのある人物の横顔を見出した。

(あれは?)

その人物が、友直が彼を見たときと同じ姿でいてくれたことで、疑いは忽ち確信に変わった。

(確か、あのときの……田沼家の用人、潮田内膳じゃねえのか?)

確信を確証に変えるべく、友直は修験者姿のその男のあとを追った。

参道を行き交う者たちの中で、修験者の異風はいやでも目につく。あとを追うのは存外容易かった。

(兄貴は、あの男が黄金の仏像を持ち逃げするんじゃねえか、って疑ってたが、結局仏像は、新八郎が紀州の菩提寺に届けたんだよな?)

思いつつ、友直は無意識に首を捻る。

（で、新八郎には、「自分はやらなきゃならねえことがあるから」って、言ってったんだよな。……なら、やつがいまここにいるのは、そのやらなきゃならねえことをしてるってことだよな？）

友直の頭からは最早、工藤平助の家を訪ねる、という目的はすっかり潰えた。いまは、二十歩ほど先を行く修験者のあとを追うことにのみ専心している。

正寔に対する義理というよりは、江戸に着くなり遭遇した出来事の、その顚末を知らねば気が済まないという、生来の強烈な好奇心故の行動だった。

本願寺の表門の前を素通りした潮田内膳は、そのまま本願寺橋を渡ると、南小田原町の辻を備前橋方面に折れた。川沿いの道故、依然として人通りは多い。

備前橋を渡った先は武家屋敷が多くなるため人通りは減り、修験者の姿は一層目立つようになる。

それを避けたかったのだろう。潮田内膳は、備前橋は渡らず、その直前の辻を右へ折れた。

そこから先は、裏店表店の密集する町家が続く。

（チッ、ちまちまとよく動きやがるな）

思わず、内心激しく舌打ちするほど、友直は尾行という行為が面倒になってきた。

正寔も看破していたとおり、内偵にはつくづく向かない性質の男である。

(いっそ、いますぐとっ捕まえて、問い詰めるか)

思うと同時に足を速めた。早足、小走りから本格的な疾走になって、グングン間合いを詰めて行く。齢五十手前とはいえ、旅慣れているため、足腰は壮健である。

全力で走り出してから間もなく、修験者のすぐ背後まで、友直は追いついた。

「おい」

追いつくと同時に低く声をかけた同じ瞬間、
ごぉッ、
背後からの不穏な気配に気づき、友直は反射的に跳躍した。微妙に身を捩りつつ
——。

次の瞬間。

「ぐぎゃあ～ッ」

修験者は苦悶の絶叫を放ち、バタリと倒れる。

友直の背後から飛来した謎のものが、修験者の背を直撃したのだ。

(なんだ？)

危機を回避するため跳躍してしがみついた道端の柿の木の枝の上から、友直は倒れた修験者の背を凝視した。

なんらかの得物が刺さっているようには見えない。ただ、彼の身に纏った鈴懸（すずかけ）の白い衣の背に、真っ赤な染みがひろがっている、としか見えなかった。修験者の姿でいるなら、何故彼は笈（おい）を背負っていなかったのか。笈を背負っていたなら、或いは死を避けられたのではないか、と思うほどの注意深さは、残念ながら、友直にはない。

（死んだのか？）

倒れ込んだ修験者はピクとも動かない。

だが友直は、いつまでもその柿の木の枝にしがみついているわけにはいかなかった。彼の背後から恐るべき攻撃を放って潮田内膳を死に至らしめた者の殺気が、友直にも近づいていたのである。

「くそッ」

激しく舌打ちしつつ、友直は枝から手を離し、地に降り立った。

人通りが少ないとはいえ、まだ陽の高い真っ昼間である。町家故、通りも辻もごちやごちゃしており、溝板（どぶいた）も多い。

それでいて、咄嗟（とっさ）に身を隠せる辻行灯（つじあんどん）のようなものは全くない。

（あそこだッ）

無意識に刀を抜いた友直は、抜刀すると同時に、そのとき目に飛び込んで来た天水桶の陰へと一散に飛び込んだ。

と、ほぼ同じ瞬間、友直が直前までいた柿の木あたりから、

ぶおぅッ、

悪夢の如き火柱があがる。

（煙硝？・）

戦きつつも、友直は冷静な目でそれを見据えた。柿の木の半分が吹っ飛び、黒焦げになっている。火柱は一瞬だけ激しくあがってすぐに潰え、あとは燃え残りの熾火のようなものが燻っているだけだ。

風にのって、友直のいるところまで微かに火薬の匂いが漂ってくる。

（爆薬を投げつけやがったか）

さすがにゾッとした。ほんの一刹那、跳躍するのが遅れていたら、今頃自分の体が黒焦げで燻っていたかもしれない。

（街の真ん中で、なんてことしやがる）

天水桶の陰で、友直は油断なく身構えた。

すぐに次の攻撃があるものと思ってのことだ。だが、しばし息を潜めていても、間合いに近づいてくる者の気配はない。

(さては、俺が爆薬で吹き飛んだと思ってやがるのかな?)

用心のため、なおしばし同じ場所で気配を殺していたが、暗殺者が既にその場を立ち去ったということ、そしてその理由もじきにわかった。

爆音を聞きつけた町家の者たちが、何事かと驚き、ぞろぞろと家の外へ出て来たのだ。狭い路上に、忽ち野次馬が溢れ出す。

刀を鞘におさめて天水桶の陰から這いだし、さり気なくその野次馬たちに紛れた友直は、修験者の死体が転がっているあたりを目指したが、何処にも死体は見当たらない。

通りの、隅から隅まで往復したが、結局それらしい死体は見出せなかった。だいたい、通りの真ん中に人が倒れていれば、野次馬たちが騒ぎ出さぬ筈がない。

(どういうわけだ?)

友直は首を捻った。

捻りつつ、その足は無意識に、元来た方向へと向けられている。

友直は確かに、潮田内膳らしき人物が、背後から飛び道具の如きもので撃たれるところを目撃した。背中を撃ち抜かれた男はその場にバッタリ倒れ、それきりピクとも動かなかった。内膳を撃った者は、その直後友直にも爆薬を投げつけて立ち去った。

（こいつは、ただごとじゃねえぞ）

友直の足はいつしか目的地へ向かって一途に速まっている。

いま、彼が急ぐべき目的地は、一つしかない。

即ち、この一連の不可解な出来事を報告すべき相手のところへである。仙台藩藩医・工藤平助の屋敷でないことだけは確かであった。

四

「ふうむ、妙な話じゃのう」

友直の話を聞き終わると、正寔はしばし腕を組んで考え込んだ。

友直が白日夢を見たのでない限りは、おそらく彼は、罠にかけられたのだろう。

罠にかけたのは、潮田内膳とその一味にほかならず、彼らは確実に友直を葬りたかった筈だ。それ故にこそ、爆薬を使った。友直の腕を知るが故のことである。

直接剣を交えるようなやり方では相当の人数を繰り出さねばならぬし、鉄砲で撃つとしても、普通に狙ったのでは感覚の鋭い友直に気づかれ、躱されてしまうかもしれない。より破壊力の大きい爆薬ならば、確実である。その上敵は、万全を期するため、友直の目の前で、潮田と思しき男を死なせて動揺させ、彼の隙を引き出そうとした。

問題は、そこまで周到に計画しておきながら、何故街中のような人目の多い場所で実行にうつしたか、ということだ。

(俺ならば、もっと都合のよい場所……例えば、人気のない山中等へ誘い込んでから実行にうつすぞ。さすれば邪魔も入らず、《獲物》を逃がすこともない。……手の込んだ罠を仕掛けながら、何故奴らは中途半端に仕掛けてきたのだ?)

正寔は懸命に思案したが、どう思案しようと、わかるわけがなかった。何故なら、友直の話は、尾行に厭きた友直が自ら潮田に迫って声をかけようとした、という肝心の箇所が欠落していたのだ。友直自身が、そのことを全く重要視していなかったからにほかならないが、もし正寔がそれを知れば、

(なるほど、予想外の友直の行動に焦ってのことか)

と、瞬時に理解できたであろう。

一度尾行をはじめたら、その人物が行き着く先を確認するのが、内偵をおこなう者の常識である。友直が、あくまで潮田内膳の行き先を突き止めようとするような生粋

の密偵であったなら、敵にもそのための万全の備えがあった筈だ。

しかし、友直は、根気と細心さを必要とする内偵には全く不向きの男であった。

それ故、手っ取り早く潮田を詰問して情報を得ようとした。その、密偵としては到底あり得ぬ常識はずれの行動が、結局は彼自身の命を救った。

唐突な友直の行動に焦ったのは、彼を狙う敵のほうだった。敵は焦り、場所柄も考えず、いきなり行動に出た。

その結果、計画はあっさり失敗した。

自らのとった軽率なおこないが、結局彼自身の命を救ったとは、友直は夢にも思わないだろう。それ故、この件について、正寔はいつまでも不可解に思い続けねばならず、果ては、

（それとも、敵の狙いは友直の命を奪うことではなく、なにか他の思惑があってのことか？）

新たなる謎を、正寔の中に生じさせることとなった。

「それはそうと、半次郎、出かけるなら出かけるで、一言家の者に告げてから出かけぬか。黙って姿を消されては、なにがあったのかと、心配するではないか」

「ああ、すまなかった、兄貴」

友直は素直に詫びた。

本来なら、友直が内心最も嫌う類の凡庸な言葉であったが、最前彼が帰館した際、

「ようご無事で戻られました、友直殿」

ひと目彼を見るなり、忽ち瞳を潤ませ、声を震わせた絹栄の、些かうざくはあっても偽りのない真心に触れて、少なからず感激した。

「殿様、殿様ーッ、友直殿が、ご無事でお戻りになられましたーッ」
十七、八の小娘がはしゃいでいるような声音を放ちながら、派手な衣擦れをさせて正寔の居間へと小走りに行くその小柄な背中を見るうち、この屋敷に逗留するようになってから連日供された美味い飯の有り難さとも相俟って、彼女に対して、心からの親しみをおぼえた。
正寔が、ときに見苦しく思えるほど絹栄に気を遣い、大切にしていることには、それなりの理由があるのだ。そのことを、友直ははじめて知った。理屈ではないのだ。

（人が、人を思うというのは、おそらくそういうことなのだろう）

ということを、五十にもなって、はじめて友直は知ったらしい。

それ故深く、己を恥じた。

「どうした、半次郎？」

が、正寔にはそれが不思議だった。つむじ曲がりで変人の友直の心に、急な変化があったことなど、正寔には知る由もない。

「年端もいかねぇガキじゃあるまいし、いい歳の男が何処でどうしてようと、心配される覚えはねえよ」

てっきり、憎まれ口で返されるものと思っていた。それが、素直すぎる謝罪の言葉である。奇異に思わぬほうがどうかしている。

「どうって、別に……」

それを指摘されて、友直は困惑した。

「お前らしくないな」

「…………」

爆薬の爆風を背中に感じた瞬間、友直は、これまで自分には最も縁遠いものと思ってきた「死」を、すぐ身近に意識した。「死」の隣にある恐怖の感情を、意識した。それ故にこそ、正寔が家族や家人を思う心が、理解できたのだ。だが、そういう己の感情の動きを言葉にするのは難しい。

言葉で人を説得しようと試み、書を著そうとしているのに、己の気持ち一つ、上手に言葉にできない。そんな己が、もどかしくて仕方なかった。

「まあ、よい。潮田内膳は、未だ死んではおらぬ」

意を決して友直が言いかけるところへ、正寔は言葉をかぶせてきた。

「え？」

「新八郎が、内膳の隠れ家を突き止めてきた」

「本当か？」

「うん。明日にでも行ってみようと思う」

「なんで明日なんだよ！　いまからすぐに行ってみようぜ」

「いまからすぐでは、まだ用意ができていまい」

「え？」

正寔の吐く謎の言葉に、友直は戸惑った。

「どういう意味だ？」

「意味などない。……お前はもうよい。用心棒の必要もなくなっているのだし、出て行きたくば、さっさと出て行け」

「な、なんだよ、そりゃあ——」

「さっさと荷物をまとめて、工藤平助殿の屋敷へ行け」

「………」

「工藤殿のところで、一刻も早く著述を仕上げるのだな、林子平──」

言ってから、正寔はゆっくりと友直を顧みた。

「万民に伝えたい、心からの思いなのであろう？」

「三蔵兄……」

優しみに満ちた正寔の視線を、友直はかろうじて受けとめた。

「ならば、そのためにのみ生きよ。……俺は、大丈夫だから」

言い置いて、正寔は自ら座を立ち、居間を出た。

五

新八郎が突き止めた潮田内膳の隠れ家は、四ツ谷大木戸(よつやおおきど)を出て、甲州(こうしゅう)街道を二里も行った先──高井戸宿(たかいどしゅく)郊外の山中であった。

林友直を自邸から送り出したその翌日、正寔は新八郎に導かれるまま、甲州街道を歩いていた。

甲州街道最初の宿場である内藤は、子育て稲荷として有名な重宝院(ちょうほういん)をはじめ、針供養の正受院、二代将軍秀忠公の生母に縁の天竜寺など、大きな仏閣も多いため、ご府内とさほど変わらぬ賑わいをみせている。

「そういえば、そちと内藤に来るのも久しぶりじゃのう」

正寔はわざと暢気な言葉を吐いた。

「どうじゃ、あれから一人で内藤に来たか?」

「はい、何度も――」

意外にも、新八郎は平然と答える。

内藤には、確かに寺院も多いが、妓楼・岡場所も多い。故に内藤新宿といえば、一般には吉原同様の歓楽街と思われている。

しかし、吉原ほど見世の格に多様性はなく、貧乏御家人から素浪人、百姓町人までが均しく登楼れる程度の見世が殆どだった。それ故にこそ、庶民の歓楽街として栄えたのだろう。

「馴染みの女はできたか?」

「………」

正寔の無遠慮な問いに、新八郎は一瞬答えを躊躇ったが、

「はい、できました」

一瞬後、事も無げに答えてのけた。

（ほう――）

正寔は内心舌を巻いている。

（こやつ、よくもぬけぬけと……）

はじめて、松平定信によって白河藩の下屋敷に招かれた帰り、内藤新宿の女郎屋街を歩きながら、

「たまには遊びに来るのか？」

と問うたときには、正寔の言う意味がわからず、

「はい。お休みをいただいたときに、浅草の観音様や、回向院の勧進相撲にも行かせていただきました」

少年のような瞳を輝かせて的外れな回答をした十八の新八郎が、いまは懐かしい。

（しかし、この容姿だ。……女郎とて、身銭を切っても抱かれたいと思うだろうな）

その一方で、正寔は密かに羨んでもいる。

どうせ生まれるなら、平凡な容姿よりは、人が羨む美麗な顔立ちに生まれてみたかった。

「ですが、もしそうであれば、人生は遥かに違うものであったのではないか。いまはもうおりません」

「え？」

新八郎の唐突な言葉に正寔は驚き、戸惑った。

「もう、おらぬとは一体？……身請けでもされたのか？」

「…………」

「惚れていたのか？」

「さあ……」

「惚れていたなら、一言そう言えば、身請けの金くらい、出してやったものを――」

「わかりませぬ」

いつにもまして抑揚のない、ゾッとするほど無感情な声音で新八郎は言った。

「女子に惚れるというのが、どういうことなのか、それがしにはよくわかりませぬ故――」

「そんなもの、お前、その女に逢いたくて逢いたくて仕方なくなり、なにをおいても……たとえば、主人の言いつけに背いてでも逢いたいと思ってしまう気持ちが、つまり惚れたということではないか」

わざと事も無げな口調で正寔は言ったが、新八郎からの返答は、すぐにはなかった。

新八郎は、正寔の半歩から一歩、後ろを歩いている。正寔は別に新八郎のほうを顧みず、歩を進める速度も緩めずに話しているのだから、或いは彼の言葉が耳に届かないということもある。

それ故、格別面白くもない言葉は右から左へ聞き流して無視するつもりなのかと思ったら、

「なるほど、女に逢いたいと思う気持ちが、お役目より勝りましたなら、それは惚れたということでございますか。でしたらそれがしは、未だ女に惚れたことはないようでございます」

相変わらず無感情ながらも、新八郎はきっちりした口調で答えた。

（なにか気に障ったのかな？）

そのことに、寧ろ正寔は恐怖を感じた。約三年の間、常に身近にいて自分を護ってくれた男だ。恐怖を感じるとはおかしな話だが、実際そうなのだから、仕方ない。

（敵にまわしたくはない男だ）

深い溜め息とともに、正寔は思った。それから、改めて新八郎を顧みた。新八郎のほうも、そのときふと目をあげて正寔を見た。

目があった瞬間、新八郎は少なからずたじろいだ。自分を見つめる正寔の目には、明らかに悲しみの色が満ちていた。主人が何故、そんな目で自分を見るのか、新八郎

には不可解であった。

少なくとも、これから悪を糾弾し、ともに一味を潰しに行こう、という男の目ではなかった。


歩くこと、一刻以上。

高井戸宿を過ぎる頃には、正寔は足が痛くてしょうがなかった。

屋敷を出てからならば、既に五～六里近く、正寔は歩き続けている。

(諸国を遍歴して足腰の壮健な半次郎ならば、これくらい歩いたとて、ビクともしないのであろうな)

既に棒のようになりつつある足を引き摺りながら正寔は思い、思うと同時に、

(この先にあるのはおそらく、半次郎のために用意された罠だ)

と確信した。

市中をうろつく林友直の足を向けさせ、郊外へ誘き出して殺そうとしたのだ。

(そうか、わかったぞ。気の短い半次郎のことだ。長々と尾行していることに堪えられなくなったのだな。……大方、途中で潮田を捕らえようとでもしたのだろう。それで慌てて、市中で爆薬を投げつけたのだ)

意想外の友直の行動で計画は失敗したが、折角用意したものを使わぬというのは勿体ない。

ほどなく正寔の行く手に、如何にも刺客が潜んでいそうな茂みが現れた。そのすぐそばには、いやな感じの雑木林も控えている。

(それで今度は、俺を葬る場所に使おうということになったわけか)

思った瞬間、正寔はつと足を止めた。

疲れたからでもあり、いやな予感がしたからでもあったが、その次の瞬間、

ギュンッ、

足下を、銃弾らしきものが掠めた。

正寔はすぐ身を翻して手近な公孫樹の幹に身を隠す。新八郎は、道を挟んで正寔とは反対側の木の幹へ——。

「観念しろ、柘植長門守」

林の中から、聞き覚えのある男の声がした。

「まさか、己の腹心に導かれて死地に赴くことになるとは夢にも思わなかったろう、フヒャハハハハ……」

これほどいやな笑い声を間近に聞くのは久しぶり——というより、生まれてはじめ

てのことかもしれず、正寔は忽ち全身が総毛立った。

「知ってたよ」

それ故兎に角その笑い声を止めさせたい一心で、殊更冷ややかな声音を正寔は発った。

「…………」

狙いどおり、笑い声は止んだ。

「ただ、うぬに囲い込まれた時期がわからぬ。うぬとともに、紀州へ旅立った際か、それとも、昨年田沼屋敷の警護を頼まれたときからなのか。……或いは、それ以前から——」

「なるほど、ときの老中からも一目おかれるだけあって、なかなか鋭いのう」

笑い声だけではなかった。普通に話す声音も、吐き気がするほど不愉快だった。相手に対する溢れるほどの憎しみがそう感じさせるのだということも、無論正寔にはわかっている。

（こやつが、こんなやつが、新八郎を、言葉巧みに丸め込み、俺を裏切るよう仕向けた——）

わかっていても、やりきれない。

「だが、田沼の隠し金はわしのものじゃッ、貴様などに、一文たりとも渡してたまるか！」

「主家の金を横領せんとする極悪人の潮田内膳ッ――」

吐き気のしそうな内膳の声をこれ以上聞きたくない一心で、正寔は殊更声高に叫んだ。だが、

「おお、そうじゃ。貴様を殺して、金は儂がいただくわッ、さあ、新八郎殿――」

内膳が、遂に新八郎を促した。

「やれ」ということだろう。正寔にとっては、最も避けたい瞬間だった。

（やるのか？）

正寔は幹の裏側をジリジリと移動しつつ、反対側の木陰にいる新八郎を盗み見た。

彼が盗み見ようとしたときには、当然新八郎の姿はもうそこにはない。とっくの昔に、気配もさせず移動したのだ。

（なんと無防備なことよ）

正寔の背中を終始見据えながら、新八郎は心中深く嘆息した。

（背中も――どこもかしこも、がら空きでございますぞ、殿）

正寔一人を殺すだけなら、なにもこんな大袈裟(おおげさ)な罠を仕掛けずとも、新八郎には容易くできた。新八郎に対して、正寔は常に無防備であったし、仮に警戒されたとしても、新八郎の腕なら問題はない。日々の鍛練を怠りがちな五十男など、新八郎の敵ではなかった。

それ故、これまでにも、新八郎がその気にさえなれば、いつでも正寔の命を奪うことは可能だった。正寔には報告していないが、実際新八郎を寝返らせようという誘いは、これまでにもいくつかあった。正寔の敵は、常に十両二十両という高額の報酬によって、新八郎の腕を買おうとした。人の心をもたぬと言われる伊賀者など、いくらでも金で買えると思っているのだろう。

そんな誘いに一度ものったことのない新八郎が、何故今回に限って、潮田内膳の誘いにはのったのか。

(金に目がくらんだのかな?)

新八郎には、自分でもよくわからない。

確かに潮田は、

「奪った隠し金の半分を、貴殿に進呈しよう」

と約束した。

しかし、そんな口約束を信じるほど、新八郎は甘くない。主家を裏切り、その財産を横領しようと企む男のことなど、頭から疑っている。どうせ用が済めば、策を弄して新八郎を葬ろうとするはずだ。

(それなのに……)

新八郎は自分でも不思議なほど、潮田の言いなりになった。

(これは内偵だ。殿のためにしているのだ。何れはすべてを殿に報告する——)

はじめのうちこそ、自らにそう言い聞かせ、敵の懐へ潜入するようなつもりでいた新八郎であったが、いつしか本気で、潮田に加担していた。

(この敵を葬っても、どうせすぐまた、別の敵が現れる……面倒なことだ)

そんな思いも、あった。

正寔がこの世から消えてしまえば、そういう面倒は一切なくなる。或いはそれが、新八郎の本音であったのか。

(だが……)

正寔の無防備な背中を容赦なく狙える場所で息をひそめていながら、新八郎はそれを躊躇(ためら)った。どうしても、体が動かなかった。

「さあ、新八郎殿、存分におやりなされ。貴方様のお腕前なら、よもや仕損じることはありますまい！」

内膳は更に新八郎を煽(あお)った。

もとより、新八郎はそのつもりでここまで正寔を誘(いざな)ったのだ。正寔も、承知の上で誘われた。

正寔には正寔の思案があってのことだ。

ならば、当初の予定どおりに事を進めるべきである、と正寔は思った。

（新八に、主殺しの罪を負わせるくらいなら……）

覚悟を決めて、自ら幹陰(みきかげ)を出る。

すると、道の二十歩ほど先に、短筒を手にした潮田内膳がいた。最早修験者姿ではない。黒紋服に仙台平の袴。正寔のよく知る田沼家の用人である。

だが、内膳の手中には阿蘭陀式の短筒があり、その銃口は、当然正寔に向けられている。

「………」

正寔の視線を真正面から受けとめた瞬間、内膳は僅かにたじろいだ。まさか、正寔が自ら身を曝(さら)してくるとは夢にも思わなかったのだろう。先日の林友直といい、予想を裏切るやりにくい相手に困惑させられっぱなしである。

「な、なんのつもりだ」

「撃て」

狼狽える内膳に向かって、蠅でも追うときのような口調で、さも億劫げに正寔は言った。

「…………」

「新八郎にやらせるまでもない。うぬが撃て、内膳。折角手に入れた短筒じゃ、試し撃ちをしたいであろう」

「おのれ、なめたことを——」

嬲るような正寔の口調に、内膳は忽ち激昂した。もとより、撃つ用意はできている。

火薬の匂いは、風下にいる正寔には充分察知できた。

そしてこの至近距離ならば、よもや仕損じることはあるまい。

「望みどおり、冥土へ送ってやるわッ」

怒りに満ちた言葉とともに、内膳は躊躇わず引き金を引いた。だが、

「殿ッ」

叫びとともに正寔に駆け寄った新八郎の動きのほうが、銃声が轟くよりも一瞬早か

った。

内膳の構える銃口が、
ごぉッ、
と火を噴いたときには、素早く駆けつけた新八郎が、まるで庇うように正寔の前に立ちはだかっている。

銃弾が、新八郎の体を貫いたのはその次の瞬間のことであった。

新八郎は声もなくその場に頽れた。

「新八ッ」

「おのれ、血迷ったか、若僧ッ！」

怒声とともに、潮田内膳は、その短筒の銃口を、正寔に向け続ける。

だが、正寔には、それが火縄式のものであり、一発撃ってから次の銃弾を装塡するまでに、戦国の世の種子島銃と変わらぬ時間を要するということがわかっている。

「糞ッ」

内膳は慌てて次の弾を装塡しようと試みるが、正寔は躊躇うことなく内膳に向かって真っ直ぐ進んだ。一気に間合いへ踏み込むと、

「潮田内膳ーッ」

怒声とともに抜刀し、

「この、外道がッ」

抜き打ちに、斬り捨てた。

「地獄へ行け」

という引導を渡すのが先であったか、或いは、
ざッ、
と刃が鞘走り、内膳の体を袈裟懸けに両断するほうが早かったか。

ごぉッ、
斬音とも断末魔の呻きともつかぬ濁音を発しながら、潮田内膳はその場に頽れた。

「お…のれ……」

そのとき内膳が、吐息のような音声を漏らしたことに、無論正邕は気づいている。

（もっと、苦しめ）

だが、あえてとどめは刺さず、踵を返して、新八郎の許へ戻った。致命傷を負わせたから、どのみち助からない。ならば、できるだけ苦痛を長引かせて地獄へ送ってやりたかった。

「何故じゃ、新八」

その体を優しく抱き起こしつつ、正寔は問う。

「何故、俺を庇った？」

「………」

「お前は、俺を殺したかったのであろう？」

「殿……」

「俺を、憎んでいたのであろう？　殺したいほど、憎んでいたのであろう？」

「憎むことができれば、どれほど楽であったか……」

「なにがあった？　なにがお前を、それほど変えたのだ？」

「なにも…ありませぬ」

「この期に及んで、なにを隠す？　なにもなくて、お前のように心根の直ぐな男が、人変わりするはずがない。頼むから、なにがあったか、教えてくれ」

「いやです。……殿になど、なにも教えませぬよ」

苦痛に歪んだ新八郎の口許が、そのときふと、幸せそうにほころんだ。一体なにかを思い出しているのだろう。彼の目は遠くを見据え、最早目の前にいる正寔を映してはいないようだった。

「新八ッ」

「殿は、なにもかも御承知の上で、それがしとともにここへまいられた。…何故でございます？」

「…………」

「本当に、殺されるつもりでござったか？」

「お前にそこまで憎まれているなら、仕方ない、とは思った」

「狡いな……殿は」

「狡いか？」

「ええ、狡うござる」

新八郎の口許がまた弛む。

「あのときも……」

「あのとき？」

「それがしに、潮田の供をして紀州の報恩寺へ行くよう命じられたとき、もし潮田がそれがしを殺そうとしたときは、容赦なく潮田を締めあげよ、と殿は言われた……」

「当たり前ではないか。大切なお前を、何故むざむざ殺させねばならぬ」

「下忍の命など、石ころに等しい、と……そう、親爺様から教えられてきました」

「そういう考え方が、俺は嫌なのだ。六兵衛の頭の中は、元亀天正の頃のままだ。

忍びが、重要な戦力の一つとして一線で活躍していた戦国の頃には、そんな考え方もまかり通っていたやもしれぬが、いまは太平の世ぞ。人の命が、石ころに等しいわけがあるまい」

「だから狡いというのです。…それがしに、平然と『死ね』と言えるような殿であれば、躊躇うことなく、裏切ることができましたものを……」

「もう喋るな、新八——」

鮮血の溢れる傷口を押さえつつ、正寔は制止しようとするが、

「潮田が…殿を亡き者にせんとしたのは、殿が……田沼の…か、隠し金の相続人であったためでござる」

新八郎は懸命に話を続けた。

「なに？」

「先に暗殺された、奏者番の稲葉殿、田安家ご家老・秋月殿の御両所も、同じく、相続人であられた……それ故、隠し金を独り占めしようと企む潮田が雇い入れた薬込役を使って……」

「そうだったのか」

新八郎の体をしっかりと押さえたままで、だが正寔は少なからず、衝撃を受けた。

稲葉や秋月の件も、田沼の隠し財産に無縁ではあるまい、ということは予想していたが、まさか自分が相続人に指名されていたとは、夢にも思わなかった。

「お、親爺様には……」

「ん？」

切れ切れの苦しい息から言いかける新八郎の言葉で、正寔はふと我に返る。

「できれば……黙っていていただけませぬか、それがしの裏切りの…ことは……」

「ああ、当然じゃ。己の育てた者が謀反人になったなどと知れば、六兵衛は腹を切るからのう」

「そのとおりで…ござい……ます」

「だから、そなたも死ぬな、新八。…これまでどおりに俺の側に仕えるのが苦痛であれば、伊賀へ帰るがよい。伊賀がいやなら、何処へなりと、好きなところへ行け」

「殿……」

最早虚ろであった新八郎の瞳に、そのとき一瞬鋭いものが過った。新八郎の瞳が、なにかを映していることは正寔にもわかっていた。そのなにかが、なんであるのかも
——。

だが次の瞬間、正寔は、瀕死の状態にあるとは到底思えぬだけの力で、新八郎から

押し退けられた。

ほぼ同時に、

「んッぐぅ……」

押し退けられた正寔に代わって、新八郎に殺到した者があった。

「おのれ…たばかりおって……」

最期の力を振り絞った潮田内膳が、脇差しを抜いて正寔に斬りかからんとするところだった。正寔の体を押し退けた新八郎は、内膳の体を受けとめつつ、咄嗟に手にした忍び刀で、その喉元を鋭く貫いていた。

内膳の切っ尖は、鮮血の溢れる新八郎の胸元へ――。

「退けッ」

正寔はすぐ立ち上がって潮田の体を背後から摑みあげ、乱暴に、横へ退けた。

「新八」

既に息をしていない若者の体を、正寔は夢中で抱き締めた。

新八郎に押し退けられたその一瞬、視界がぼやけてよく見えなかったのは、溢れる涙のせいだったということを、今更ながらに正寔は知った。

「死ぬな、新八」

「殿ーッ」

六兵衛の声が、遠くに聞こえた。

「終わりましたぞーッ」

茂みの先で待ち受ける刺客たちを、ことごとく始末し終わったのだろう。

地を蹴って来る足どりは軽やかだし、

「待ち伏せの者共は、すべて片づけましてござるぞ、殿ーッ」

声音も極めて明るかった。

だが正寔は、既に息をしていない新八郎の体をかき抱きつつ、声を出すこともできなかった。新八郎の体から、次第に温(ぬく)みの失われてゆくことが偏(ひとえ)に恐ろしく、ただ全身全霊で抱き締めていることしかできなかった。

六

「新八郎には、好いた女子(おなご)がおりました」

新八郎の長屋でおこなわれた通夜の席で、絹栄は言った。

「詳しくは聞いておりませぬが、十八のまだ江戸へ来てまもない頃のことでございます。おそらく、屋敷に出入りの物売りか、ご近所のお屋敷の下働きか……一日に、ほんの一言二言口をきけばそれでよいと思える、淡い恋であったのだと思います。『女子には、なにを贈れば歓ばれましょうか』と大真面目に訊いてくるので、『好きな殿方からいただくものであれば、なんであろうと嬉しいものですよ』と答えました。いま思えば、新八郎はとても困惑していたように思います。……もっと、具体的に教示してほしかったのでしょうに、私は、その場凌ぎのいい加減な言葉を返してしまいました」

そして、終始目許を押さえていた。

「こんなことなら、もっと真面目に答えておけばよかった。……せめて、娘が死んでしまったとき、ちゃんと話を聞いていれば……」

「その娘は、死んだのか？」

「はい……」

「何故？」

「わかりませぬ。…流行病か、それとも辻斬りに遭うたか……とても悲しそうにしている新八郎に、なんと言葉をかければよいかわからず、そっとしておくことしかできませなんだ」

「そんなことがあったとは……」

「あのとき、声をかけてやればよかった……人は、己の言葉で悲しみを語ることで、その悲しみに決別することもできましたものを……」

「もうよい、絹栄。新八郎のことは、これ以上気に病むな」

たまりかねて、正寔はやや強い語調で言った。

「なれど、殿様……」

「新八郎は、儂を庇い、儂の身代わりとなって命を失った。それ故手篤く葬るが、あくまで家臣の一人じゃ。それ以上でもそれ以下でもない。故に、そなたが、いつまでも気に病むことはない」

「………」

正寔の冷淡な言い草に、絹栄は忽ち言葉を失った。

（致し方なし）

正寔はただ黙って瞑目しているしかなかった。それ以上言葉を発したら、自ら声を震わせてしまうことがわかっていたのだ。

「新八兄者〜ッ」

先刻江戸に着いたばかりの伊賀の下忍・虎助(こすけ)が号泣する声は、中庭に佇む正寔の耳にも易々と届いた。

若党として柘植家に迎えられたその日に、かつて伊賀の里で、実の兄も同然に馴染んだ者の死を知った。

柘植家に仕えることは即ち、兄と慕うその人と同じ屋敷に起居できることだと信じて江戸に来た。虎助の旅路は、さぞや希望に満ちたものだったろう。だが、その楽しい夢があっさり潰えたのだ。嘆くのも当然だった。

「兄者に会えると思うたから、こうして江戸に出て来たのにぃ〜。何故死んだのじゃ、兄者……」

虎助は、当年十七歳。六兵衛に言いつけて伊賀の里から呼び寄せた。

その顔をひと目見た瞬間、

(まだ、ほんの子どもではないか)

正寔は驚き、そして呆れた。

兄弟子の死を嘆き、身も世もなく泣き続ける虎助を見て、正寔は困惑した。

童顔の虎助は、息子どころか、正寔にとっては孫といった風情(ふぜい)である。如何に忍びの技に優れているとしても、ここまで幼顔の者を連れて歩くのは、些か気がひける。

（しばらくは、供を連れずに出歩くしかあるまい。……こんなことなら、友直を、もう少し引き止めておくのだったな）

虎助の泣き声が一向にやまぬことに困惑しつつ、正寔は内心嘆息する。

工藤平助の許へ行ってしまった友直を、今更呼び戻すことは、さすがに躊躇われた。あれほど偉そうに、兄貴面をして送り出したのだ。

（田沼様の隠し金が手に入れば、ご老中は歓ばれることだろうが……）

潮田内膳とその一味は掃討したが、それですべてが終わったとは、正寔は思っていない。

老中の水野忠友の家人が頻繁に出入りしているという両替商・美濃屋のことも気にかかる。あの夜、潮田を襲った者たちが、美濃屋の寮に逃げ込んだというのは、既に正寔を裏切っていた新八郎の偽りだとしても、それ以外にもなにかありそうだと正寔は思った。

（あの、新八郎のことだ。意味もなく美濃屋の名を俺に告げたりはしないはずだ）

不幸な結果になったが、正寔には、新八郎が死を賭しても、なにか自分に伝えたかったことがあるのではないかと思えてならない。

（絶対に、なにかある）

何れにせよ、潮田が横領しようとした田沼の隠し金は幕府——というか、定信によって没収されることになるだろう。

(新八郎は、いつからか、俺のために働くことがいやになっていたにしても、殺したいほど憎んでいたわけではなかった。……或いは、はじめから、俺を殺すつもりなど、なかったのではないか?)

正寔の許で働くのに嫌気がさしてからもなお、新八郎は正寔のために働き続けた。そのことが、より新八郎自身を追い込むことになるとは思いもしないで。

(いやなら、さっさとここから逃げ出せばよかったのだ。そうすれば、殺すか殺されるか、などという精神状態にまで追い込まれ、潮田のような輩につけこまれることもなかったのに。……だが、そんな選択が許されぬ育てられ方をしたのだろうな、あれらは——)

侍でもなく、それ以外の身分の何者でもない伊賀者の憐れを思ったとき、正寔の心に、再び深い悲しみが込み上げた。

(気づいてやれなかった、俺が悪い)

正寔は己を激しく責めた。

(もっと早く、俺が気づいて、伊賀へ帰すなりしていれば……)

今更思っても詮無いことなのに、思わずにはいられなかった。

やりきれぬ思いで見上げた蒼天には、いまは雲一つ見当たらない。さしずめ夜ならば、幾万幾億という那由他の星が輝いていることだろう。

（曇りなき蒼天と満天の星空、あやつなら、果たしてどちらを好んだのであろう）

蒼天の眩しさに目を細めながら、正寔は卒然と思った。そんな話をすることもなく逝ってしまった若者の面影を脳裡に描こうとすると、かつて彼がまだ天真爛漫であった頃のとびきり無邪気な笑顔しか浮かばず、正寔は困惑した。できれば、老儒者のように落ち着き払った新八郎と、もう一度話をしてみたかった。

※　※　※

天明八年六月。

先の老中、田沼意次が死んだ。

齢七十。高齢故の老衰に相違なく、そこにはなんの事件性も見出せなかったが、正寔の心は激しく痛んだ。

（あれほど、目をかけていただいたのに……）

その知らせを聞いたとき、偶々非番で屋敷にいた正寔は思わず目頭を押さえ、次いで両手で顔を被った。閉じた瞼裏に、在りし日の老中・田沼意次の姿がありありと浮かび、堪えきれぬ涙が忽ち溢れて頰を伝う。

「どうじゃ、長州、長崎は楽しいか？」

江戸詰めの度に、多くの土産を持参して屋敷を訪う正寔に、いつも楽しげに問いかけてきた。

「佐渡では苦労したであろう。それに比べて、長崎はなにかと実入りも多いと聞く。せいぜい儲けるがよいぞ。ふはははは……」

本当に、根っから明るい気性の老中だった。

「いくらでも私腹を肥やしてよいが、それ以上に、幕府に利益をもたらさねばならぬぞ」

「はい、それはもう――」

彼と話していると、それだけで気分が高揚し、到底できそうにないと思われることでも、つい、

「お任せくださいませ」

と口走ってしまう自分に、正寔は自分でも戸惑った。

「されば、外国向けの陶器の生産量を、いまの倍に増やしたく存じますが、如何でしょうか？」

「増やせばそれだけ多くの買い手がつくというのだな？」

「御意」

「ならば、好きなようにせい」

最小限の問答で、意次はすべてを許可した。

親鳥のように大きな羽の下に庇護されていればこそ、正寔は長崎で好き勝手に振舞うことができたのだ。江戸に戻ってからも、敢えて火中の栗を拾おうとする正寔の気性を案じ、なにかと世話を焼いてくれた。

（なのに俺は、何一つご恩に報いることができなかった）

正寔の口からは、遂に吐息のような歔欷（きょき）が漏らされた。

サワサワと衣擦れの音が近づいて来ることに気づいていたが、最早堪えられそうになかった。

「殿様……」

声をかけようとして、だが数歩手前で正寔の歔欷に気づいた絹栄は息を呑んでその場に足を止める。

「如何なさいました？」

とは訊かず、しばしその場で、無言のまま正寔の様子を見守った。

しばらく見守れば、正寔の涙も尽きるものと思われた。

夫の泣き顔など、できれば見ずにすますのが賢い妻というものだ。

「絹栄」

やがて絹栄の望みどおり、涙の尽きた正寔は袖口に顔を拭い、自ら妻に声をかけた。

「如何なされました、殿様？」

それで漸く絹栄は問いかけた。

「田沼様が、お亡くなりになられた」

「えっ」

「なにも、できなかった……」

深く項垂(うなだ)れた正寔の背に歩み寄りながら、

「………」

だが絹栄は、なんと言葉をかけてよいかわからなかった。

「あんなに、引き立てていただいたのに……」

「殿様」

「俺はとんでもない恩知らずだ。勘定奉行のこの地位も、もとはといえば、田沼様が用意してくださったものだ」

つい夢中で口走るうち、更なる悲しみに襲われて、正寔は遂に、激しくその背を揺らす。

「なんという…恩知らずなのだ、俺は……」

見るに見かねて、絹栄はその震える肩にそっと手をかけた。震えが止まるよう――正寔の心を占めている悲しみが早く潰えてくれるようにと願いながら、ただ無言で、その肩と背に触れ続けた。

そして、しばしのときを経たところで、

「ご恩返しはできなかったかもしれませぬが、東坡肉（トンポウロウ）を召しあがっていただけたではありませぬか」

努めて明るい声音で言った。そのため、ただでさえ、平素から若い小娘のようにしか聞こえぬ声が、更に若返り、まるで少女のもののように、正寔の耳に聞こえた。

（耳障りだ）

正寔は苛（いら）つき、

「それは、己があのとき東坡肉を作ってやったから、田沼様はご満足なされたに違いない、と恩に着せているのか？」

つい、心にもない憎まれ口をきいた。

口走りつつ、正寔はすぐに己の言葉を激しく悔いたが、

「あの折、東坡肉を作ったのは私ですが、作り方を御指南くだされたのは殿様でございますよ」

絹栄は、意外な言葉を返してきた。

「…………」

虚を衝かれた正寔は一瞬間言葉を呑み、

「殿様が教えてくださらねば、私は終生東坡肉という清の料理を知らずにおりました」

絹栄は言葉を次いでゆく。

「殿様が、長崎にて見聞し、味わった阿蘭陀や清の料理を、私に教えてくだされたから、作ることができたのです」

「…………」

「ですから、あのとき、田沼さまに東坡肉を供されたのは、殿様でございます」

絹栄の言葉を、最後まで聞くことができず、正寔は再び両手で顔を被った。

「わかったようなことを…言うな」

「申し訳ございませぬ」

素直に詫びられて、正寔にはもうそれ以上口にできる言葉はなかった。それ故顔を被ったままで、嗚咽(おえつ)を堪え続けた。

妻の前で、もうこれ以上だらしなく泣くことだけはしたくなかった。

正寔の背中が微かに震えるのを見て、絹栄もそれを察したのだろう。黙って静かにその場を去った。磨かれた廊下をサラサラと滑る衣擦れの音が遠く去るまで耳を傾けていた正寔は、それを確認すると、漸く吐息のような声を漏らした。

二見時代小説文庫

薬込役の刃　隠密奉行 柘植長門守4

著者　藤 水名子

発行所　株式会社 二見書房
東京都千代田区三崎町二-一八-一一
電話　〇三-三五一五-二三一一［営業］
　　　〇三-三五一五-二三一三［編集］
振替　〇〇一七〇-四-二六三九

印刷　株式会社 堀内印刷所
製本　株式会社 村上製本所

落丁・乱丁本はお取り替えいたします。
定価は、カバーに表示してあります。

ISBN978－4－576－17160－9
http://www.futami.co.jp/